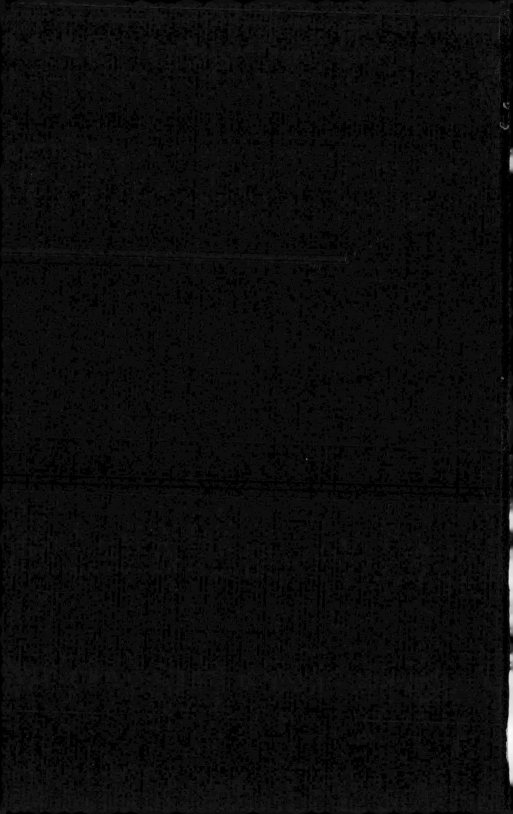

LAS TRES EDADES

Y DIJO LA ESFINGE:
SE MUEVE A CUATRO PATAS
POR LA MAÑANA,
CAMINA ERGUIDO
AL MEDIODÍA
Y UTILIZA TRES PIES
AL ATARDECER.
¿QUÉ COSA ES?
Y EDIPO RESPONDIÓ:
EL HOMBRE.

¡APÁRTATE DE MISSISSIPPI!

CORNELIA FUNKE

Ilustraciones de la autora

Traducción de
Rosa Pilar Blanco

Las Tres Edades **Ediciones Siruela**

1.ª edición: marzo de 2006
2.ª edición: abril de 2006

Título original: *Hände weg von Mississippi*
Colección dirigida por Michi Strausfeld
Diseño gráfico: Gloria Gauger
© Cecilie Dressler Verlag, Hamburgo 1997
© De la traducción, Rosa Pilar Blanco
© Ediciones Siruela, S. A., 2006
c/ Almagro 25, ppal. dcha.
28010 Madrid. Tel.: 91 355 57 20
Fax: 91 355 22 01
siruela@siruela.com   www.siruela.com
Printed and made in Spain

¡APÁRTATE DE MISSISSIPPI!

Para Tina, Lena e Inga

Al bajar del autobús, Emma cerró los ojos y respiró hondo.

Sí. Así tenía que oler. A estiércol, a gasolina y a tierra húmeda.

A vacaciones de verano en casa de su abuela Dolly.

Emma se echó la mochila a la espalda y cruzó a saltos la calle. Escupió en el estanque del pueblo, se metió en dos charcos y se plantó delante de la puerta del jardín de su abuela. Todo estaba igual que siempre.

La pintura se desprendía de la vieja casa y en las jardineras de Dolly no crecían geranios, sino lechugas. Su coche tenía una abolladura más y el gato negro apostado encima del cubo de la basura aún no conocía a Emma. Sin embargo, la desvencijada mesa del jardín situada debajo del nogal estaba preparada, como siempre, para darle la bienvenida. Las gallinas vagaban con andares torpes por la hierba, y Tom y Jerry, los viejos perros de su abuela, dormitaban tumbados delante de la puerta abierta de la casa. Ni siquiera levantaron el hocico cuando Emma abrió de par en par el portón del jardín y corrió hacia la vivienda. Al llegar a su altura, movieron el rabo adormilados y colo-

caron sus patas manchadas de barro encima de los zapatos.

—Menudos perros guardianes estáis hechos —Emma rascó a ambos detrás de las orejas y les dio unas galletas caninas. Siempre que iba a casa de su abuela se atiborraba los bolsillos con esas cosas.

De la casa salía olor a quemado.

Emma sonrió. Seguro que su abuela intentaba preparar otro bizcocho. Debía de ser la única abuela del mundo que no lo conseguía. Tampoco cocinaba demasiado bien. Dolly no se comportaba como las abuelas de las amigas de Emma: no hacía ganchillo, ni punto, ni leía cuentos en voz alta y todos los años se olvidaba del cumpleaños de su nieta. Llevaba los cabellos grises cortos como cerillas, solía vestir ropa de hombre y reparaba el coche con sus propias manos.

Emma no la habría cambiado por ninguna otra abuela.

—¡Hola! —gritó en la cocina, atestada de humo—. Ya estoy aquí.

Un perro enorme salió disparado ladrando desde debajo de la mesa de la cocina, saltó hacia Emma y le lamió la cara.

—Hola, preciosa —Dolly, agachada delante del horno, parecía bastante desdichada. Tras sacar el bizcocho, lo depositó con estrépito sobre la mesa de la cocina—. Fíjate. Otra vez demasiado tostado. No lo comprendo. Y eso que compré uno de esos estúpidos relojes de cocina.

El perrazo dejó a la niña en paz y olfateó el bizcocho quemado.

—Menos mal que, por si acaso, compré un trozo de bizcocho —Dolly se limpió en los pantalones las manos manchadas de harina y besó a su nieta—. ¡Cuánto me alegro de volver a verte! ¿Me has echado de menos?

—Claro —Emma se quitó la mochila y puso unas galletas ante el morro del perro desconocido—. Y éste, ¿de dónde ha salido?

12

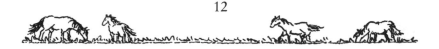

–¿Greñas? –Dolly sacó un enorme trozo de bizcocho del armario y arrastró a Emma hacia el exterior–. Lo encontró Zas, nuestro veterinario, en la entrada de la autopista. Ya sabes que estos animales siempre terminan en mi casa.

Emma sonrió.

¡Vaya si lo sabía! Su abuela acogía a todo tipo de animales: gallinas que no ponían huevos, gatas preñadas, perros que mordían las alfombras... Hasta tenía un viejo caballo castrado al fondo, en el prado. Se llamaba Aldo. Dolly lo había salvado cuatro años antes del matadero y había enseñado a Emma a montar sobre su lomo.

–¿Qué tal Aldo? –preguntó la niña.

Dolly se sentó en el banco del jardín construido hacía muchos años por su esposo y le sirvió una taza de cacao.

–¿Aldo? Está bien. A pesar de que le molestan un poco los dientes, come como una lima.

–¿Y lo demás? –Emma cogió un trozo de bizcocho. Una gallina desapareció debajo de la mesa y tiró del cordón de su zapato.

–Bueno, ya lo estás oyendo.

En el vecino taller de Alerón petardeaba un motor y la vecina de la casa situada a la izquierda de Dolly, Basilisa Quemajosa, barría el camino situado delante del muro de su jardín acompañada por la radio.

–¡Eh, Basilisa! –gritó Dolly–. ¿No podrías bajar un poco la radio? Mi café está a punto de derramarse por el ruido.

Basilisa, rezongando, se aproximó al muro arrastrando los pies, bajó el volumen y se acercó a la valla de Dolly.

–¡Toma! –tiró por encima una cajetilla de cigarrillos vacía y dos palos de polo–. Eso me lo he encontrado delante de tu valla.

–Oh, gracias, por mí puedes quedártelos –repuso Dolly–. ¿Quieres tomar un café, Basilisa?

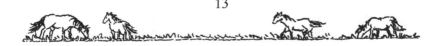

–No, gracias –Basilisa Quemajosa saludó a la niña con la cabeza–. Hola, Emma, pensaba que te habías ido a tu casa.

–Y me fui –Emma reprimió una risita–. Pero hace tres meses, señora Quemajosa. Ahora es verano y estoy de vacaciones.

–¿Ah, sí? –Basilisa Quemajosa se inclinó y arrancó unas plantitas que crecían delante de la valla de Dolly–. Diente de león, qué asco. En fin, tomaos el bizcocho, yo tengo cosas que hacer.

Con gesto enfurruñado recogió la escoba, subió el volumen de la radio y siguió barriendo.

Dolly suspiró. Emma no pudo evitar una sonrisa.

–Está todo como siempre –reconoció–. Es maravilloso.

En su propia casa, sin embargo, se avecinaban nuevos cambios. Durante la estancia en casa de su abuela, sus padres se instalaban en su nuevo hogar. Nueva casa, nueva ciudad, nuevo colegio. Emma no quería ni pensarlo.

–¿Como siempre? –Dolly meneó la cabeza–. No del todo, cielo. El viejo Sotobrante murió la semana pasada.

–¡Oh! –Emma miró, asustada, a su abuela–. Pero si no era tan viejo.

Dolly negó con la cabeza.

–No mucho más que yo. Pero seguro que enseguida te enterarás de todo –agregó señalando hacia la puerta–. Mira quién viene. Se ha corrido deprisa la voz de que has llegado.

Dos chicos correteaban alrededor del estanque del pueblo: Leo y Max, los hijos del panadero de enfrente. Echaban una carrera hacia la puerta de Dolly. Max fue el primero en traspasarla... como siempre. Tras sacar la lengua a su hermano, esprintó hacia la silla vacía emplazada al lado de Emma. Leo lo siguió, contrito.

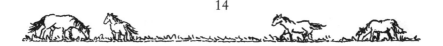

–Me has empujado –espetó a su hermano–. Sólo para darte pisto delante de Emma.

–¡Eh, vosotros dos! –Dolly levantó su taza–. Con tanto empujón, habéis estado a punto de derramar mi café. ¿Queréis beber algo? ¿O preferís un trozo de bizcocho?

–¿Hecho por ti? –preguntó Max con desconfianza.

–¿Qué quieres decir?

–Que si no lo has hecho tú, sí que quiero.

–Descarado –replicó Dolly, levantándose–. Bueno, a pesar de todo os traeré algo de beber.

Desapareció en el interior de la casa, seguida por Greñas.

–¿Qué tal, Emma? –murmuró Leo.

–¿Sabes lo que ha pasado? –Max apartó a su hermano–. El viejo Sotobrante cayó muerto delante de nuestra tienda. Así, sin más. Catapún, y se desplomó. Te acuerdas de Sotobrante, ¿verdad?

Emma asintió. Lo recordaba muy bien. Todos los domingos cruzaba el pueblo a lomos de Mississippi, su yegua. Le entretejía cintas de colores en las crines, con una campanita. El propio Sotobrante portaba siempre un sombrero de cowboy, y cada vez que pasaba por delante de la casa de Dolly, se lo quitaba para saludarla.

–Cayó muerto como una gallina sin cabeza –informó Max.

Leo cogió un trozo de bizcocho, se sentó en el sitio de Dolly y dio un trago del café con leche de ésta.

–Vosotros... quiero decir... –Emma miró a ambos, desazonada–, ¿vosotros lo presenciasteis?

–Pues claro –respondió Max–. Yo, sí. Éste –propinó un codazo a su hermano– desapareció al momento detrás de casa y vomitó.

–Mentira –protestó Leo.

15

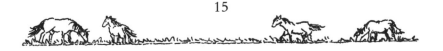

–Verdad –Max propinó a su hermano tal empujón que estuvo a punto de tirarlo de la silla–. Yo intenté poner un espejo delante de la boca de Sotobrante, como suelen hacer en las películas, pero mamá me lo impidió. Su yegua se encabritó, como si supiese lo sucedido. Sólo el doctor Zas consiguió tranquilizarla.

Emma también conocía al doctor Zas. Era un invitado asiduo en casa de Dolly. Siempre precisaba cuidados alguno de sus animales.

–¿Qué? –Dolly regresó con una botella de zumo–. ¿Te han contado estos dos lo de la muerte de Sotobrante?

Leo se deslizó hacia un lado.

–Bueno, ¿y qué? –gruñó Max–. Al fin y al cabo no todos los días se desploma alguien muerto, ¿no?

–Por fortuna –dijo Dolly–. Echaré de menos a Sotobrante, pero tuvo una buena muerte.

–Papá asegura que estaba loco –comentó Max.

–¡Qué va! –Dolly puso encima de su platito un trozo de bizcocho–. Según tu padre, medio pueblo está loco. Seguro que a mí también me considera una chiflada.

–¿Qué ha sido de su yegua? –preguntó Emma.

Los chicos se encogieron de hombros.

–Ésa sí que está loca –afirmó Max con la boca llena.

Dolly alisó el mantel, meditabunda.

–De momento, Zas se ocupa de ella. Pero el sobrino de Sotobrante lo heredará todo, y ése seguro que venderá la yegua.

–Qué pena –murmuró Emma.

Antes de cada paseo a caballo, Sotobrante engalanaba a Mississippi siempre de manera diferente. Ella y Dolly apostaban en ocasiones si la yegua llevaría flores detrás de la oreja o campanitas en las riendas. Cada domingo se sentaban impacientes debajo del nogal para comprobarlo.

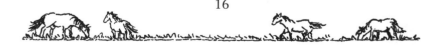

Luego, cuando aparecía Sotobrante, éste agitaba el sombrero y saludaba:

–Muy buenos días tengan ustedes, señoras.

Sí, Emma también lo echaría de menos.

Desde luego que sí.

A la mañana siguiente, el despertador de Emma sonó a las seis. Su abuela ya se había ido. Cinco días a la semana salía en bicicleta a repartir la prensa por la localidad y por otros dos pueblos vecinos.

Emma se chapuzó la cara con agua fría, tomó de pie una rebanada de pan con mermelada y... comenzó la faena.

Siete gatos rondaban alrededor de sus piernas y los perros, impacientes, hozaban en sus cuencos colocados encima de las baldosas. Cuando Dolly estaba sola, alimentaba a toda la banda antes de repartir los periódicos.

–Mala suerte, chicos –dijo Emma mientras buscaba el abrelatas en el cajón de los cubiertos–, durante las próximas seis semanas no comeréis hasta que me caiga de la cama.

Cuando terminó de abrir las latas de comida para gatos, los dedos le dolían como si se los hubieran mordido. Por fortuna, los perros comían pienso.

Después le tocaba el turno a las aves, tres periquitos y las gallinas, que necesitaban agua fresca y un montón de grano. A continuación, Emma dio de comer a las dos viejas cabras. Y para terminar, se ocupó de Aldo. Lo mejor se lo reservaba para el final.

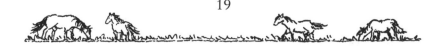

Cada mañana se alegraba de que Aldo le propinara empujoncitos con el morro y revisase los bolsillos de su chaqueta en busca de zanahorias. Luego Emma soñaba con que Aldo le pertenecía. ¡Un sueño disparatado! La casa nueva en la que se estaban instalando sus padres era otro cuarto piso, porque a esa altura la madre de Emma temía menos a los posibles ladrones. Allí, Emma no podría tener ni siquiera un cobaya. Sí, era una verdadera ridiculez soñar con un caballo propio. Pero, para su sorpresa, siempre le asaltaba ese sueño. Sobre todo cuando acariciaba el blando morro de Aldo.

Emma se preguntaba en cada visita si el viejo caballo la habría olvidado. Aunque pasaba en casa de su abuela todo el tiempo que podía, siempre mediaban muchas semanas entre las vacaciones.

—Bueno, Aldo, ¿tienes hambre? —preguntó al entrar en el establo.

El caballo castrado alzó la cabeza y resopló. Emma le acarició el morro con ternura y le sopló muy suavecito en los ollares. Así es como se saludan los caballos, según había leído un día en un libro especializado. Emma leía muchos libros sobre caballos. Demasiados, decía su madre. Aldo contestó con un resoplido tan fuerte que Emma, soltando una risita, se sobresaltó. El aliento del caballo la mareó. Llenó su pesebre y le trajo agua fresca. Dolly le inculcaba continuamente que esto era lo más importante. A los caballos no les gusta el agua sucia o estancada. En ese caso prefieren no beber, lo cual puede resultar muy peligroso, pues les provoca cólicos. Cuando Aldo hubo bebido y comido, Emma lo sacó al prado. Antes había amarrado las cabras a un poste, pues de lo contrario sorteaban cualquier valla. No eran precisamente la mejor compañía para un caballo, pero menos es nada.

–A los caballos les ocurre lo mismo que a las personas –solía repetir su abuela–: se vuelven raros cuando pasan mucho tiempo solos.

Tras barrer el establo y recoger los huevos de los ponederos, Emma se sentía tan cansada que hubiera preferido volver a acostarse.

Así transcurría siempre el primer día en casa de su abuela.

Pero, como es natural, Emma, en lugar de meterse en la cama, se dirigió bostezando a la cocina y preparó el desayuno. Entonces cayó en la cuenta de que se había olvidado de los peces. Por lo general se olvidaba de ellos; lo cierto es que no le gustaban mucho. A su abuela tampoco, aunque no se cansaba de repetir que los peces no tenían la culpa, y claro, no le faltaba razón.

Al regresar, Dolly se encontró a su nieta dormida en el sofá de la cocina. Pero el desayuno estaba listo: huevos cocidos, un termo lleno de café cargado y panecillos recién hechos que Emma había comprado en la panadería del padre de Leo y Max, enfrente, detrás del estanque del pueblo.

Dolly le hizo cosquillas hasta que la despertó.

–¿Qué? –le dijo–. El aire del campo da sueño, ¿verdad?

–¡Muchísimo! –murmuró Emma somnolienta, mientras se incorporaba–. No sé cómo puedes estar tan despabilada a estas horas.

–Ay, sabes de sobra que no me importa madrugar –contestó Dolly con un suspiro mientras se sentaba a la mesa de la cocina–. A mi edad, de todos modos, se duerme menos, pero esta panzada en bicicleta... me deja exhausta. Últimamente tengo que recorrer tres pueblos vecinos. A veces me asalta la tentación de coger el coche.

–¿Quieres que reparta los periódicos por ti? –preguntó Emma–. A mí no me importa.

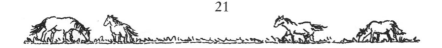

–No, no, olvídalo –su abuela rió–. Porque cuando te marches de nuevo ya no seré capaz ni de subir a la bici.

–¿Y por qué no lo dejas? –preguntó Emma–. A fin de cuentas cobras tu pensión y dispones de la pequeña herencia del abuelo.

–Bueno, ten en cuenta –Dolly dio un sorbo de café– que Aldo es cada día más viejo, a los perros hay que vacunarlos contra la rabia y siempre hay algún gato criando. Eso origina un montón de facturas del veterinario, por lo que necesito hasta el último céntimo.

Emma asintió.

En ese momento llamaron a la puerta.

Tom y Jerry se quedaron tumbados, pero Greñas salió disparado como una bala desde debajo de la mesa, con tal ímpetu que a Emma se le derramó el cacao encima de los vaqueros.

Antes de que Dolly alcanzase la puerta, Greñas ya había apretado hacia abajo el picaporte.

–Aparta, perro loco –dijo Dolly deslizándose con esfuerzo junto al perrazo, que meneaba el rabo sin cesar.

En el umbral apareció Aaron Zas, el veterinario.

Al divisarlo, Greñas se ocultó debajo de la mesa a toda velocidad.

–Anda, qué casualidad, hablando del rey de Roma... –dijo Dolly–. ¿Pero qué haces aquí? ¿Es que te he llamado?

–¡No! –constató el veterinario–. Maldita sea, Dolly, estoy a punto de explotar de furia.

Zas tuvo que agachar la cabeza para no tropezar con la puerta de casa de Dolly. La atravesó con poderosas zancadas y se adentró en la cocina. Al ver a Emma, esbozó una sonrisa.

–Oh, hola, Emma. ¿Otra vez en el campo?

22

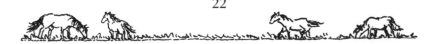

–¡Madre mía! –Dolly le acercó una silla–. Estás rojo como una amapola. ¿Qué ha ocurrido?

El doctor Zas depositó en el suelo su maletín e intentó introducir por debajo de la mesa sus larguísimas piernas. Pero entre tantos hocicos de perro no había sitio.

–¿Le apetece tomar un café? –preguntó Emma.

–¿Qué? Ah, sí, con mucho gusto –el veterinario se quitó las gafas y empezó a limpiarlas.

–¡Vamos, dispara! –Dolly espantó a un gato de su silla y se sentó–. ¿Qué es lo que te ha enfurecido tanto?

Zas se acarició el pelo desgreñado.

–Ya sabes que todas las mañanas visito la granja de Sotobrante –contó el doctor–, para encargarme de atender a su yegua, que está en el establo más sola que la una. Llevo días esperando a que su sobrino se deje caer por allí y decida qué hacer con el animal. Es el único pariente vivo, no creo que tenga más herederos.

–Opino lo mismo –dijo Dolly–. A Sotobrante no le caía muy bien, pero es el hijo de su hermana preferida.

–¡Un cerdo es lo que es! –estalló el veterinario–. ¿Sabes lo que me ha dicho esta mañana ese tipo cuando me lo he encontrado al fin en la granja? –Zas golpeó tan fuerte la mesa con la palma de la mano, que el cacao de Emma se derramó–. ¡Que ya ha avisado al matarife! Y ahora te toca a ti.

Dolly meneó la cabeza.

–Muy propio del sobrino de Sotobrante –repuso ella–. Lo vi en un par de ocasiones en casa de éste. Con eso tuve más que suficiente. Se llama Alberto, ¿no?

El doctor asintió.

–Alberto Gansón. ¿Sabes? –se inclinó sobre la mesa–, cuando le expliqué a ese individuo que el animal está sano como un roble, que todavía puede vivir perfectamente diez años más y que si no puede ocuparse en persona de él, que

23

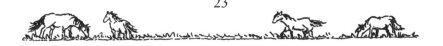

lo deje en algún lugar para que lo cuiden, se me queda mirando muy sonriente y me suelta: «El matadero me paga trescientos marcos y todo lo demás me cuesta dinero». ¡Eso fue lo único que me respondió!

—Anda, tómate el café —le animó Dolly—. Te tranquilizará. ¿Por qué no intenta vender la yegua si tanto le interesa el dinero? ¡Tampoco es tan vieja!

—Vieja, no, pero ya sabes el aspecto que tiene —el doctor Zas dio un sorbo del café de Emma y se agitó—. ¡Demonios, qué fuerte está!

—Sí, Emma prepara un café estupendo —aseguró Dolly—. De los que dejan clavada la cucharilla.

—Mississippi... —el doctor dio otro sorbo con suma cautela—. Mississippi tal vez fuese una belleza para Sotobrante. Pero lo cierto es que desde que se enredó en el alambre de espino tiene más rayas que una cebra. Además tiene mal la dentadura, porque Sotobrante acostumbraba a darle chocolate. Nadie compraría una yegua así. Hasta el tal Gansón lo sabe. No, ése la llevará al matadero.

—¡De ningún modo! —exclamó Emma—. Tendremos que hacer algo para evitarlo.

Dolly suspiró.

—No sé cómo, tesoro.

El doctor Zas miró a Dolly por encima del borde de la taza.

—¿No podrías hablar con él?

—Ah, vaya, por eso has venido —repuso Dolly.

—¡Por favor, Dolly! —el doctor Zas exhibió la más amable de sus sonrisas—. Ve a ver al sobrino de Sotobrante y ofrécele cuidar a Mississippi gratis. Hoy mismo. Ese cerdo... —miró a Emma, confundido—, discúlpame, Emma, ejem... Ese hombre tiene prisa por regresar a la ciudad. Consigue que te deje a la yegua. Eso se te da de maravilla.

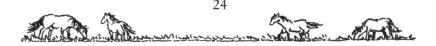

–No sé... –Dolly abrió otro panecillo y lo untó con una gruesa capa de mermelada de cereza–. Ya sabes que siempre puedes traer aquí un perro más o un gato. ¿Pero otro caballo? No, lo siento, Zas –esbozó un gesto de rechazo–, Aldo se me come hasta el último céntimo, por no hablar de las facturas del veterinario.

–¡Pero esos gastos los asumiría yo! –exclamó el doctor–. Te lo pagaría todo. Y mis servicios profesionales también serían gratuitos, por supuesto –miró a Dolly, ofendido–. No sería la primera vez que me conformo con unos cuantos huevos, creo yo.

Dolly no contestó. Se limitaba a permanecer sentada, dibujando con el cuchillo figuras invisibles sobre la mesa.

–¡Por favor, abuela! –exclamó Emma–. A Aldo seguro que le encantaría.

–No empieces ahora a meter baza tú –murmuró Dolly.

–¡Abuela! De todos modos es demasiado tarde.

La mujer suspiró.

–Sotobrante la tenía tan mimada que apuesto a que la yegua sólo come caviar. Todo eso correría por tu cuenta, Zas.

–¡Palabra de honor! –el veterinario exhibió una sonrisa de oreja a oreja–. Sabía que me ayudarías.

–¿Ah, sí? Alégrate de que Emma te haya apoyado. Y de mi debilidad por los animales abandonados. ¿Cuándo tenemos que ir por ella?

Zas se levantó de un salto, tan deprisa que se golpeó las rodillas por debajo de la mesa.

–Ahora mismo. Os llevaré en coche hasta allí.

–¡Sí, sí! –Dolly meneó la cabeza–. Fíjate en él, Emma. Está tan loco como yo. Intentaría incluso salvar del matarife a una vaca con tres patas.

–¡Exagerada! –el veterinario cogió su maletín y se enderezó las gafas con timidez–. Al fin y al cabo Sotobrante y

yo jugábamos a las cartas todos los martes y conozco el apego que le tenía a Mississippi. Se lo debo. Además, ningún caballo debe terminar hecho salchichas.

–Eso también lo dirían los cerdos –afirmó Dolly, levantándose con un suspiro–. Bueno, chicos. Vámonos antes de que cambie de idea. ¡Cuidado, Zas, agacha la cabeza!

Demasiado tarde. El veterinario ya se había dado un coscorrón contra el marco.

El viejo Sotobrante no había sido precisamente el más pobre del lugar. Su casa era la mayor de los contornos y el terreno que la rodeaba habría podido albergar las treinta y cinco casas del pueblo. A pesar de todo, a su muerte sólo había un animal en los establos: Mississippi.

–¿Y por qué no tenía más que un caballo? –preguntó Emma mientras se dirigían a la granja de Sotobrante.

–Sobrevivió a todos los demás –contestó el veterinario–. O los vendió.

–¿Que los vendió? ¿Por qué? –Emma apartó el hocico de Jerry del bolsillo de su chaqueta.

No había habido manera de disuadir a Tom y Jerry de que los acompañaran. Así que Emma se sentaba en el asiento trasero con dos hocicos perrunos en el regazo.

–Porque se apoderó de él la manía de emigrar –respondió Zas–. A América. Era el gran sueño de Sotobrante. Cada siete u ocho años vendía sus animales, empaquetaba dos maletas descomunales, se despedía de todo el mundo... pero acababa quedándose. Dos semanas antes de su muerte sucedió lo mismo. Vendió gallinas, vacas, caballos, incluso unos cuantos muebles. Pero fue incapaz de separarse de

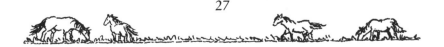

Mississippi. Nadie le parecía lo bastante bueno para su yegua. Sus maletas estaban listas junto a la cama, pero Mississippi seguía allí. Y luego, Sotobrante cayó fulminado –el doctor se detuvo al borde de la carretera–. Bueno, os dejo aquí. Es mejor que ese tipo no vea mi coche. Esta mañana nos hemos gritado bastante.

–¡Vaya por Dios! –Dolly lo miró sacudiendo la cabeza–. Eso no nos lo has contado.

–Me resultaba violento –gruñó el doctor–. Pero es que ese hombre me ha sacado de mis casillas. ¡En cualquier caso, te deseo que tengas más suerte que yo!

–Dudo mucho que lo consiga –contestó Dolly.

Cuando se apeó del coche, Tom y Jerry intentaron saltar tras ella, pero Dolly les dio con la puerta en las narices.

–Zas –advirtió–, te dejamos a los perros. Una yegua malcriada y dos perros locos son demasiado para mis nervios. Además, esos dos prefieren ir en coche a trotar por la carretera detrás de nosotras. Devuélvelos a casa cuando puedas, ¿de acuerdo?

–Si no hay más remedio… –el doctor se asomó por la ventanilla–. Dolly –susurró–, muéstrate amable por muy mal que se comporte él. O llevará a Mississippi al matadero para fastidiarte.

–Sí, sí –Dolly sonrió–. Nadie puede hacerme perder la calma fácilmente.

–Ah, otra cosa –el doctor le hizo señas para que se acercara más–. Aquí tienes trescientos marcos. Si tus artes de persuasión fracasan, dáselos.

–¿Sabes, Zas? –Dolly se guardó el dinero en el monedero–. Siento verdadera curiosidad por ver quién se arruina primero por su amor a los animales. Vamos, márchate de una vez. Ahora nos toca a Emma y a mí.

A Emma la casa de Sotobrante le inquietó. Se alzaba gris y hostil al final de un patio empedrado, rodeada de establos vacíos y de un alto seto de espino blanco. El único acceso desde la calle era un portón de hierro.

–No la querría ni regalada –murmuró Emma cuando su abuela empujó la enorme puerta para abrirla.

–A Sotobrante tampoco le gustaba demasiado –explicó Dolly–. Pero pertenece a su familia desde tiempos inmemoriales, así que nunca la vendió. Jamás se planteó desprenderse de ella, ni siquiera cuando le asaltaba la manía de emigrar.

Cruzaron en silencio el patio vacío y vieron un coche grande y nuevo aparcado delante de los establos.

–¿Será del sobrino? –susurró Emma.

–¿Por qué susurras? –preguntó Dolly–. ¿Temes que te oiga el espíritu del viejo Sotobrante? Seguramente hace mucho que estará en América –se aproximó al coche y atisbó a través de los cristales–. Bueno, pues no pertenece a Sotobrante. Es un poco ostentoso para mi gusto.

Emma miraba a su alrededor, desazonada.

La enorme puerta de entrada de la casa estaba entrecabierta.

–Vamos –dijo Dolly tirando de ella–. El interior no está tan mal.

Sin embargo, a Emma la casa por dentro le resultó igual de sombría.

–Uf –suspiró–, si tuviera que vivir en una casa así, yo también emigraría.

Encontraron al sobrino de Sotobrante arriba, en el dormitorio. Era la única habitación que no albergaba pesados muebles antiguos. En las paredes colgaban dos carteles, uno del Gran Cañón y otro de un vapor del Mississippi. Al lado de la cama se veían dos maletas listas.

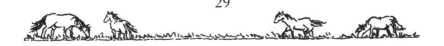

Cuando Dolly llamó con los nudillos a la puerta abierta, Alberto Gansón registraba el colchón de su tío fallecido.

–Puede usted ahorrarse el trabajo –informó Dolly–. Su tío siempre guardaba el dinero en el banco.

El sobrino de Sotobrante se volvió.

–¿Qué busca usted aquí? –espetó a Dolly con tono grosero.

Dolly exhibió la más amistosa de sus sonrisas.

–Hemos venido por Mississippi, la yegua de su difunto tío, señor Gansón. Me llamo Pasoflorido. Quizá me recuerde. Nos hemos visto aquí, en esta casa, en un par de ocasiones. Soy la propietaria de la granja situada junto al estanque del pueblo. Cuando era pequeño, usted vagabundeaba a veces por allí.

–Ah, ya. ¡Claro! La amante de los animales –Alberto Gansón rió sin demasiada amabilidad–. Ya me acuerdo. Mis amigos y yo la llamábamos siempre Teckel-Dolly.

–Oh, yo aún recuerdo unos cuantos nombres menos simpáticos –replicó Dolly. Emma la miró. Su abuela sonreía, pero sus ojos traslucían seriedad–. He oído que piensa desprenderse de la yegua de su tío –prosiguió–. ¿Es cierto?

Alberto Gansón asintió.

–Sí. Ya he llamado al matarife. Con la pinta que tiene es imposible venderla.

–Cierto –reconoció Dolly–. Por eso estoy aquí. Me encantaría llevarme a la yegua. Usted se libraría de ella en el acto sin desembolsar ni un céntimo, y el animal estaría bien conmigo.

Alberto Gansón frunció el ceño.

–Para ser sincero, eso me trae sin cuidado. Si quiere quedarse con ese jamelgo, deme más de lo que me paga el matadero. Así de fácil.

–¿Ah, sí? –Dolly seguía mirando a su interlocutor como

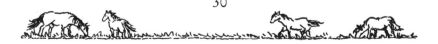

si lo considerase una buena persona. Emma admiraba tamaña capacidad de disimulo–. ¿Y cuánto me costaría?

Gansón, encogiéndose de hombros, se quitó una araña del traje y la estrujó.

–El matadero me paga trescientos marcos, de manera que por cuatrocientos es suya.

–¿Sabe? –Dolly se apartó el pelo blanco de la frente–, le daré doscientos. Es todo lo que llevo encima.

–¿Cómo? –Gansón soltó una carcajada–. ¿Se está riendo de mí? No tengo tiempo para chistes.

–Claro –repuso Dolly–. No tiene tiempo. Y se le nota. Por eso mismo le ofrezco doscientos marcos. El matarife más cercano es el gordo Piet, vive lejos, muy lejos, además se toma su tiempo para todo. ¿Qué le ha dicho? ¿Que vendrá pasado mañana? ¿O al otro? Entonces, añada tranquilamente cuatro días más. Con Piet nunca se sabe. Llámelo –Dolly señaló el móvil que asomaba por el bolsillo de la chaqueta de Gansón– con ese aparato tan práctico que posee. Llame a Piet y pregúntele cuándo recogerá a Mississippi.

Alberto Gansón miró a Dolly, sacó su teléfono... y lo guardó de nuevo.

–De acuerdo. Ya he oído que ese matarife es un poco lento –se enderezó la corbata–. Doscientos cincuenta.

Emma contuvo la respiración y miró a su abuela. Ésta parecía divertirse una enormidad.

–He dicho doscientos. En realidad, debería ser yo quien oyese mal, ¿no cree?

Alberto Gansón entornó los ojos, irritado.

–Teckel-Dolly, usted siempre ha sido igual de tozuda, ¿verdad? Mi tío afirmó una vez que tiene la cabeza más dura que el cemento. «No arméis camorra con Dolly», solía repetir.

–Sí, sí, él me conocía bien –reconoció Dolly–. Muy bien,

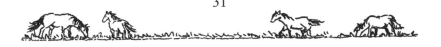

diría yo. En una ocasión quiso llevarme a América con él, pero esa es una vieja historia. Bueno, ¿qué le parece? ¿Doscientos?

Gansón se encogió de hombros.

–De acuerdo. Tengo cosas mejores que hacer que regatear con una anciana. Deme el dinero, pero después se llevará al penco en el acto, ¿entendido?

–Oh, faltaría más –se le escapó a Emma–. Con mucho gusto.

Gansón ni siquiera la miró.

Dolly sacó su monedero del bolsillo de la chaqueta y pagó, poniéndole el dinero en la mano.

–Una cosa más. A mí estas cosas me gusta tenerlas por escrito. Por favor, escriba en un papel que he adquirido legalmente la yegua.

Gansón suspiró. Su teléfono sonó, pero él hizo caso omiso.

–¿Algo más? ¿Tal vez debo empaquetar a ese jamelgo con un lazo?

–No, gracias –contestó Dolly–. No es necesario. Nos la llevaremos como está.

Gansón no pudo evitar la risa, una risa sin el menor asomo de simpatía.

–A decir verdad, ¿qué piensa hacer con la yegua? –preguntó.

–Bueno –Dolly echó un vistazo por el dormitorio de Sotobrante–, en realidad sólo quería salvar a Mississippi de la muerte, ¿sabe? Estoy segura de que usted no logrará entenderlo. Pero ahora que me ha costado un buen puñado de mi dinero, que tanto me ha costado ganar, se me ha ocurrido otra idea. A mi nieta, aquí presente, le enloquecen los caballos, y mi viejo Aldo ya no sirve para mucho. Así que le regalaré la yegua.

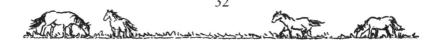

Emma miraba, atónita, a su abuela.

Alberto Gansón se echó a reír de nuevo.

–Vaya, vaya –repuso sarcástico–. Pues que te diviertas mucho, pequeña. Aunque no es precisamente una montura de ensueño.

Emma no le prestaba la menor atención. Seguía muda, meditando sobre las palabras que Dolly acababa de pronunciar.

–¿Qué quiere que escriba? –preguntó Gansón girando su bloc de notas.

Dolly se lo dictó.

–Por la presente, yo, Alberto Gansón, vendo a Dolores Pasoflorido la yegua Mississippi por un precio de doscientos marcos. Fecha y firma.

Cuando Gansón le entregó la nota firmada, ella la releyó con suma atención. Luego asintió, la dobló y se la guardó en el bolsillo del pantalón.

–Muchas gracias –dijo ella–. Con un poco de suerte, a lo mejor encuentra usted un tesoro en el colchón. Vamos, Emma.

Abandonaron la casa tan deprisa como pudieron. Cuando Emma giró la cabeza abajo, en el patio, vio a Alberto Gansón junto a la ventana, observándolas.

–Creo que no le ha gustado tu chiste del colchón –dijo a su abuela.

–Bueno, ¿y qué? Pues a mí no me ha gustado ese tipo –replicó Dolly–. Vamos, lo primero es recoger a Mississippi y regresar a casa. A pie es un trayecto muy largo.

La yegua estaba en el último box del establo vacío. Al aproximarse Dolly y Emma, enderezó las orejas y caracoleó, inquieta. Dolly alargó la mano y dejó que Mississippi se la olfateara a placer.

–Los caballos se parecen a los perros –musitó–. Te juz-

gan por tu olor. Confío en que el mío le guste a la dama.

–A mí me parece preciosa –susurró Emma.

–Bueno, Mississippi –dijo Dolly en voz baja–. ¿Te apetece dar un paseo? –miró en torno suyo–. Emma, ¿ves por alguna parte un cabestro? Y tampoco vendría mal un ramal. Zas tenía tanta prisa que he olvidado traerlo.

Emma buscó un buen rato hasta que al fin encontró en uno de los boxes delanteros un cabestro y una cuerda con mosquetón. En un arcón pintado situado junto a la puerta del establo descubrió algo más: unas viejas alforjas, repletas de cintas de colores, cascabeles y flores de tela, la bonita manta que Sotobrante colocaba siempre debajo de la silla de Mississippi, arreos rojos y la silla misma. Vista de cerca, era aún más bonita. Emma acarició con admiración el cuero repujado.

–¿Qué? ¿Has encontrado algo? –preguntó Dolly.

–Un montón de cosas –respondió. Llevó a su abuela el cabestro, el ramal y las alforjas–. En ese arcón están la silla, los arreos y otros objetos. Pero nosotras no hemos comprado todo eso, ¿no?

–Yo creo que sí –contestó Dolly–. La manta y la silla se las pondremos a Mississippi, pero guarda los arreos en las alforjas. Para conducirla a casa es preferible usar el cabestro y el ramal.

Emma recogió el contenido del arcón de Sotobrante y lo colocó en la paja junto al box de Mississippi.

–Nunca había visto una silla de montar tan bonita –comentó–. Pero es muy rara, ¿verdad?

Dolly asintió.

–Es una silla del Oeste. Sotobrante la mandó traer ex profeso de América. La primera vez que salió montado en ella todo el pueblo se burló, pero a Sotobrante le dio igual. Nunca le interesaron los comentarios de la gente.

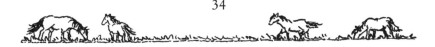

Bueno, preciosa –Dolly abrió el box y se acercó a Mississippi.

La yegua retrocedió, resoplando. Pero cuando Dolly le puso el cabestro, permaneció tranquila. Dolly aseguró el ramal con cuidado, volvió a palmear con gesto apaciguador el cuello de Mississippi y después tiró de ella sacándola del box.

Cuando colocó la manta y la silla a la yegua, Mississippi se puso algo nerviosa, pero Dolly la acarició y, tras hablarle en voz baja, recuperó la calma.

–¿Todavía no puedo montarla? –preguntó Emma.

–No, tesoro –su abuela negó con la cabeza, riendo–. Para eso ha de conocerte bien. Además, esta dama es muy remilgada en lo tocante a sus jinetes. Tienes que estar muy segura de que te quiere antes de atreverte a subir a su lomo.

–Bueno, no importa –Emma se colgó las alforjas y abrió la puerta del establo.

Mississippi absorbió el aire fresco por los ollares, relinchó y le faltó tiempo para salir a la intemperie.

–¡Caramba! –exclamó Dolly–. ¿Cuánto tiempo llevas en el establo?

Al cruzar el patio, Mississippi miró un par de veces hacia atrás, pero siguió a Dolly hasta el portón como un corderito.

–Menos mal –comentó Dolly, aliviada.

Caminaron por la estrecha carretera que conducía hasta el pueblo.

–Todo ha ido como una seda. Pero cuando lleguemos a casa, necesitaré un coñac para olvidar al tal Gansón. La verdad es que Sotobrante no merecía semejante sobrino –se volvió hacia la yegua–. Una dama encantadora, ¿no te parece? A pesar de sus rayas de cebra. ¿Sabías que el pelo de los caballos siempre se encanece después de herirse?

35

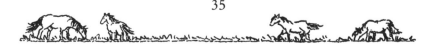

Emma negó con la cabeza.

Dolly se inclinó hacia su nieta.

—¿Te pasa algo?

Emma carraspeó.

—Es por lo de antes. Por lo que has dicho. Era hablar por hablar, ¿no?

—¿A qué te refieres? —Dolly sonrió—. Ya no me acuerdo.

Emma se ruborizó.

—Bueno, a lo de regalarme la yegua.

Su abuela esbozó una amplia sonrisa.

—Ah, ¿eso he dicho? Bueno, pues en ese caso habrá sido mi intención.

Emma le echó los brazos al cuello. Tan fuerte que su abuela estuvo a punto de soltar el ramal.

—¡Eh, eh, no seas tan impetuosa! —exclamó—. O tu montura desaparecerá antes de haberla disfrutado.

Emma casi no podía respirar de la excitación.

—¿Crees... crees que Aldo y Mississippi se llevarán bien? —preguntó cuando logró recuperar el aliento mientras hundía la mano en el bolsillo de la chaqueta—. ¡Porras, no tengo ni una zanahoria que darle!

Una y otra vez se giraba para mirar a la yegua. Su yegua. Mississippi, con las orejas erguidas, le devolvía la mirada.

—Si no congenian, seguro que no será por culpa de Aldo —repuso Dolly—. Los mantendremos separados durante unos días. Primero tienen que olfatearse por encima de la valla. Tarde o temprano se darán cuenta de que es mejor dos que uno.

—Oye —Emma saltaba, inquieta, por delante de su abuela—, tienes que llamar al doctor Zas, devolverle su dinero y decirle que hemos comprado a Mississippi.

—Claro, claro —Dolly se detuvo cuando pasó un coche,

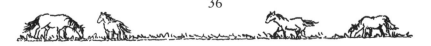

pero Mississippi no se espantó. Al parecer estaba acostumbrada a los automóviles–. Sin embargo, convendría que refrenases un poco tu alegría. Es improbable, pero podría ocurrir que Sotobrante no hubiera legado la yegua a su sobrino. En ese caso nuestro contrato de compra carecería de validez. ¿Lo has pensado?

Emma la miró, asustada.

–No –musitó.

–Pues deberías –repuso su abuela–. Por precaución. Es improbable, pues por lo que yo sé, Sotobrante no tenía más parientes, pero... deberías pensar un pelín en ello. ¿Entendido?

Su nieta asintió.

Desde luego que pensaría en ello. Continuamente. Y seguro que no sólo un pelín.

–Dolly, ¿es verdad que el viejo Sotobrante quiso llevarte con él a América? –preguntó la niña.

Su abuela soltó una risa tan estridente que Mississippi aguzó las orejas.

–Por supuesto –contestó–. Pero yo me negué. Y ahora, olvida ese asunto. Hace ya tanto tiempo, que ha dejado de ser verdad.

–A pesar de todo, me gustaría escuchar esa historia algún día –dijo Emma.

–Sí, algún día te la contaré –respondió Dolly–. Pero ahora sujeta a tu montura. Se me está quedando el brazo entumecido.

Emma condujo a Mississippi durante el resto del camino. Tenía la boca seca de felicidad, aunque todavía no acababa de creérselo del todo.

Tenía una yegua.

Auténtica. Y era suya.

«No. Esas cosas suceden en los libros o las películas»,

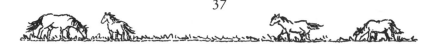

pensaba una y otra vez, «no en el mundo real. Y mucho menos a mí. Si ni siquiera me dejan tener un cobaya».

Pero cuando se volvía, allí estaba Mississippi.

Y Emma se limitaba a mirar a la yegua, complacida... e intentaba no pensar en lo cortas que pueden resultar las vacaciones de verano.

–¡Cielo santo, cómo me duelen los pies! –gimió Dolly cuando llegaron al estanque del pueblo–. Ha sido mucho peor que montar en bici. Por esto, Zas me deberá como mínimo tres consultas de los gatos.

Cuando abrió la puerta, Greñas saltó hacia ellas ladrando.

–Tengo que conseguir quitarte la costumbre de ladrar, gordo –dijo Dolly–. O serás el próximo guiso dominical en el puchero de Basilisa.

En el banco, debajo del nogal, aguardaban Max y Leo.

–¡Eh, Emma! –gritó Max–. ¿Qué haces con el jamelgo del viejo Sotobrante?

–¡Chist! –siseó Leo, acechando, preocupado, a su alrededor–. Eso trae mala suerte.

–¿Qué? –su hermano mayor lo contempló asombrado.

–Pronunciar el nombre de un muerto.

–¡Qué tontería! –Max sonrió y echó a correr hacia Emma.

Mississippi se removía, inquieta.

Dolly le palmeó el cuello para tranquilizarla.

–Emma, creo que ahora debes llevar a tu yegua al prado. Déjala en el pequeño, detrás del establo de las cabras.

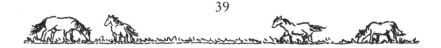

–De acuerdo –Emma chasqueó la lengua y arrastró a Mississippi–. Si queréis, podéis acompañarme –dijo a los dos chicos al pasar–, pero no hagáis ruido, ¿vale? Porque Mississippi se pone nerviosa.

–¿Te has creído que nosotros no entendemos de caballos? –le gritó Max a su espalda.

Aldo estaba adormilado debajo de un lilo cuando Emma abrió la valla que daba al prado pequeño. Alzó la cabeza con curiosidad y miró hacia allí.

Emma ató a Mississippi a la valla, le quitó la silla de montar y la condujo a su nuevo prado. La yegua miraba, inquieta, a su alrededor.

–Bueno, ¿te gusta esto? –preguntó Emma en voz baja–. Todo te resulta desconocido, ¿verdad? Los sonidos, los olores...

Mississippi enderezó las orejas, retrocedió unos pasos y miró en torno suyo. Tras inflar los ollares, resopló.

–Seguro que esta hierba te sabe distinta a la de tu casa –dijo la niña–. Conozco esa sensación, ¿sabes? Que todo sea desconocido, quiero decir. Apuesto a que me he mudado de casa más veces que tú.

En ese momento, la yegua, al descubrir a Aldo, trotó unos metros hacia él, se detuvo y relinchó suavemente. Aldo resopló y trotó hacia la valla que separaba ambos prados.

–Éste es Aldo –Emma caminó despacio por la corta hierba en pos de Mississippi–. Es más viejo que tú y muy vago. Pero seguro que os llevaréis bien.

La yegua enderezó las orejas y giró la cabeza para mirar a Emma, como si entendiera sus palabras. La niña se le acercó, acarició su suave crin y colocó la mano debajo de los ollares.

–Todavía no sabes mi nombre. ¿Le interesa eso a los caballos? Me llamo Emma.

Aldo estiró la cabeza por encima de la valla y relinchó. Mississippi alzó la cabeza bruscamente y se volvió. Ambos caballos se miraron.

–¡Eh, Emma! –gritó Max desde la verja–. ¿Pero qué demonios farfullas? A los caballos no les gusta que les hablen sin parar.

–Ya, ya –Emma regresó corriendo, trepó por la valla y se sentó junto a Max en el madero más alto–. Tú sí que no tienes ni idea. Creo que no te gustan los caballos.

Max se encogió de hombros.

–No mucho. A Leo, sí.

Leo, apoyado en la verja, contemplaba a los dos animales, que se olfateaban por encima de la valla de separación.

–¿A qué se refería Dolly? –preguntó Max–. ¿Tu yegua? Mi padre dijo que el sobrino de Sotobrante la iba a convertir en salchichas.

–Y era cierto –dijo Emma–. Pero Dolly ha comprado a Mississippi y me la ha regalado.

–¡Pues que te diviertas! –Max rió–. Y de paso cómprate una correa de perro para ella. Porque sólo permite que la monte el viejo Sotobrante. ¿Te acuerdas de cómo tiró a Bolonio, Leo?

–Claro –el interpelado asintió sin apartar la vista de los caballos.

–¿A Bolonio? ¿El del taller de automóviles? –preguntó Emma.

–Exacto –precisó Max–. Fue contando por todas partes que sabía cabalgar como un cowboy. «¿Ah, sí?», dijo el viejo Sotobrante. «Pues date una vuelta con Mississippi alrededor del estanque del pueblo.» Y Bolonio salió volando y fue a parar al centro del estanque. Cuando volvió a salir,

41

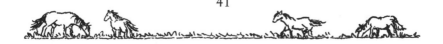

parecía un fantasma enlodado. Madre mía, qué furioso estaba.

Emma meneó la cabeza y miró a Mississippi. La yegua y Aldo seguían olfateándose. Emma oyó sus suaves relinchos.

—Y al sobrino de Sotobrante, ¿también lo tiró Mississippi? —preguntó la niña.

Leo negó con la cabeza.

—Ése prefiere sentarse en un buen coche a montar a caballo. Además vive en la ciudad desde hace una eternidad. Es dueño de no sé qué empresa. Sólo venía una vez al mes a ver a Sotobrante. Entonces siempre iban juntos a visitar la tumba de la hermana del viejo, Sotobrante montado en Mississippi y su sobrino detrás, en coche.

—¿Sabes qué apodo le puse? —Max soltó una risita—. El Caimán. Por su sonrisa. Fíjate en ella alguna vez. Ese tipo sonríe como un cocodrilo. Como un auténtico cocodrilo.

Max imitó la sonrisa. Emma y Leo no pudieron contener la risa.

—Bastante fiel —comentó la niña.

Volvieron a mirar a los caballos. Pastaban, cada uno a su lado de la valla.

—Qué suerte que Aldo sea un caballo castrado —opinó Leo—. Un caballo castrado y una yegua suelen llevarse bien.

Max sonrió, socarrón.

—Mi padre dice que a veces Sotobrante metía a Mississippi en su casa y le servía una taza de café. Imaginad la escena.

Leo y Emma se asomaron, riendo, por encima de la valla.

—¿Y por qué se llama Mississippi? —quiso saber ella.

—Porque el libro favorito de Sotobrante era *Las aventuras de Tom Sawyer* —contestó Leo.

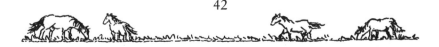

–Exacto. Y la acción transcurre junto al Mississippi –gruñó Max–. Nos lo contó miles de veces. Y nos ponía de los nervios con sus chascarrillos. Eh, escuchad –se volvió–. Alguien toca el claxon como un loco.

El coche del doctor Zas se había detenido ante la puerta de Dolly, con Tom y Jerry en el asiento trasero.

–¡Dolly! –gritó el veterinario asomándose por la ventanilla–. ¡Socorro, Dolly!

Basilisa Quemajosa se asomó, curiosa, por encima de la puerta de su jardín.

–¿A qué viene tanto estruendo? –gritó–. ¡Es la hora de comer!

–Hola, Basilisa –gritó el veterinario saludándola desde detrás del parabrisas–. ¡Emma, por favor! –bajó la voz–. ¿Serías tan amable de llamar a tu abuela?

–Claro.

Emma entró corriendo en la casa y avisó a Dolly.

–¿Qué ocurre? –preguntó ésta–. ¿Es que una no puede escuchar la radio ni siquiera diez minutos?

–¡Tus perros! –exclamó el doctor Zas–. No consigo sacarlos del coche. Lo he intentado dos veces, pero se niegan a salir. Y en cuanto los dejo solos, comienzan a morder mis reposacabezas.

–Sí, sí, lo sé –Dolly abrió la puerta trasera del coche y silbó entre dientes.

Tom y Jerry saltaron inmediatamente del vehículo y corretearon alrededor de su ama moviendo el rabo.

–Gracias a Dios –el hombre se reclinó en su asiento, aliviado–. Y ahora cuéntame cómo ha ido tu visita al sobrino de Sotobrante. ¿Habéis conseguido la yegua?

Dolly asintió.

–¡Hurra! –gritó el veterinario, tamborileando de alegría

43

en el volante del coche–. En ese caso, ahora haremos todo lo necesario para que esa dama tenga unos buenos años por delante.

–Ha intentado cobrar cuatrocientos marcos –contó Emma–. Pero mi abuela ha negociado con él y los ha rebajado a la mitad.

–¡Magnífico! –el doctor Zas sonrió–. En ese caso, devuélveme cien.

–Te devolveré los trescientos –dijo Dolly sacando su monedero–. He decidido regalar la yegua a Emma. Ya que he tenido que trabajar tan duro para salvarla, la yegua se quedará en la familia. Además, Aldo se alegrará de tener compañía.

El veterinario la miró, atónito.

–¡Bueno, me has dejado de piedra! –exclamó–. De acuerdo, pero con una condición –añadió.

–¿Cuál? –preguntó Dolly.

Emma dirigió al veterinario una mirada de preocupación.

–Durante los tres próximos meses todos los gastos de alimentación correrán por mi cuenta –dijo Zas–. Y Emma volverá a prepararme dentro de poco uno de esos maravillosos cafés cargados. ¿De acuerdo?

Emma sonrió.

–De acuerdo.

–¡Chócala! –el veterinario sacó por la ventanilla del coche su larga y delgada mano–. Felicidades, propietaria de caballos. Y, en confianza, Mississippi es una yegua fantástica. Aunque no lo parezca.

–Oh, a mí me parece preciosa –dijo Emma.

–¡Estupendo! –exclamó el hombre–. El viejo Sotobrante saltaría de alegría encima de su tumba si lo hubiera oído. Ah, dicho sea de paso, todos los domingos daba una table-

ta de chocolate a Mississippi. Estaría bien que le quitases esa costumbre.

Luego volvió a saludar por la ventanilla, aceleró y partió, un poco más deprisa de lo habitual.

Cuando llegó la hora de cenar, Leo y Max se marcharon a casa. Sus padres no solían ver mucho a los chicos cuando Emma estaba allí. Tras su partida, Dolly y Emma dieron de comer a los animales. Emma preparó su huevo revuelto especial y después vieron por televisión una película antigua. Con Cary Grant y mucho amor. Como siempre, Dolly lloró con el final feliz y después se acostaron.

Arriba, en la alcoba de Emma, Tom y Jerry estaban ya tumbados en la cama y el gato negro se había instalado a sus anchas encima del ropero.

A Emma le gustaba aquella habitación pequeñita en casa de su abuela, bajo el tejado, con la colcha floreada, los polvorientos ramos de lavanda sobre la repisa de la ventana, las fotos antiguas de su madre y de su abuela colgadas en la pared y la almohada gorda en la que casi se le hundía la cabeza... Por lo general, se quedaba dormida encima como un tronco. Pero esa noche no conseguía pegar ojo. Pensaba sin cesar en Mississippi. Al fin y al cabo no te regalan una yegua todos los días. A Emma le habría encantado hacerse un lecho de paja junto al box de Mississippi, pero su abuela había comentado algo sobre ratas que bus-

caban comida al lado, en el gallinero, y prefirió olvidarlo.

No obstante, en cierto momento, cuando fuera estaba oscuro como boca de lobo, Emma no aguantó más. Tras ponerse la bata y calzarse las botas de goma, salió al exterior con una linterna. Tom y Jerry la siguieron, adormilados. Al cruzar el patio, la niña alzó la vista hacia el cielo nocturno. Allí, en casa de su abuela, era realmente negro, no de ese gris lechoso de la ciudad, y estaba cuajado de estrellas.

Algunos gatos de Dolly se deslizaban por los establos en busca de ratones imprudentes. La puerta de las caballerizas crujió al abrirla Emma. Entró sin hacer ruido. Olía a paja fresca y a caballos.

Uno resopló en la oscuridad. Mientras Tom y Jerry husmeaban en la paja, Emma se dirigió hacia Mississippi. Dolly había habilitado para la yegua el box del fondo, de forma que entre ella y Aldo quedara un box vacío. A fin de cuentas sólo se conocían desde ese día.

Mississippi permanecía muy quieta, con los ojos cerrados y una pata trasera levantada. Su piel brillaba en la oscuridad. A Emma le habría gustado acariciarla, pero no quería asustar a la yegua, así que se limitó a contemplarla.

–¿Sabes una cosa? –dijo en voz baja–. Te llamaré Missi. No tienes nada que objetar, ¿verdad?

La yegua, adormilada, levantó la cabeza y abrió los ojos. Al divisar a la niña, infló los ollares y enderezó las orejas. Emma alargó la mano con suma cautela y acarició su blando hocico.

–¿Pero qué dicen ésos? –dijo la niña–. ¡Tú qué vas a ser mala! Ni por asomo. Ahora me perteneces, ¿lo sabes?

La yegua la miraba, contrayendo las orejas.

–Por desgracia sólo podré verte en vacaciones –prosiguió–, pero todos los meses te mandaré zanahorias y terro-

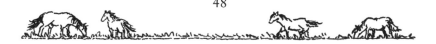

nes de azúcar. ¿Te gustan los terrones de azúcar? Ay, no, seguro que son malos para tus dientes.

Tom y Jerry empujaban a Emma con el morro.

–Sí, sí, ya voy –dijo.

Al ventear a los perros, Mississippi se puso nerviosa y retrocedió.

–Bobos –Emma rascó a Jerry detrás de las orejas–. La habéis asustado. Venid, regresemos a casa. Hasta mañana, Missi –se despidió la niña–. Que duermas bien.

Se oyó un rumor inquietante entre la paja, pero Emma se imaginó que se debía a unos simpáticos ratoncitos. Porque a ésos no les tenía miedo.

Debajo de la última ventana de las caballerizas se veía ahora un arcón que contenía la silla, la manta y los arreos de Mississippi. Dolly lo había bajado ex profeso del desván. No era tan bonito como el de Sotobrante, pero Emma pensaba pintarlo. Ya había escrito encima, con grandes letras llenas de arabescos, el nombre de la yegua. No se leían muy bien que digamos, pero eran bonitas. Emma abrió la tapa, apartó los arreos y acarició de nuevo la silla.

Tom arañaba la puerta del establo, gimiendo.

Emma volvió a cerrar el arcón con un suspiro, abrió la puerta a los perros y regresaron a casa.

La habitación de Dolly y la cocina estaban a oscuras, pero la luz del pasillo estaba encendida. A veces, cuando su abuela no podía conciliar el sueño, se sentaba a la mesa de la cocina, a leer mientras tomaba leche caliente con miel. Ahora sólo estaba allí el gato atigrado de Dolly, que yacía enroscado en el sofá, con la cabeza apoyada en el rabo. Cuando Tom y Jerry atisbaron por la puerta, soltó un bufido quedo. Emma pasó a su lado sigilosa y se dirigió a la nevera, se tomó un vaso de leche y ahuyentó a los perros escaleras arriba.

El gato negro seguía encima del armario. Tom y Jerry subieron de un salto a la cama en cuanto Emma se deslizó debajo de la manta.

–Ay, Mississippi –murmuró la niña, acurrucándose en la almohada... Se durmió tan deprisa que ni siquiera le dio tiempo a apagar la luz.

Al día siguiente llovía a cántaros.

–Caramba, los ángeles vuelven a vaciar hoy sus bañeras –gruñó Dolly durante el desayuno.

Todos los perros estaban tumbados a su alrededor y los gatos se habían acomodado arriba, en los dormitorios. Cuando Emma salió hacia los establos para dar de comer a los demás animales, Jerry ni siquiera asomó el hocico por la puerta. La verdad es que a ése nunca le asustaba ningún temporal.

–¿Has sacado a los caballos al prado? –preguntó Dolly.

–¿Con este tiempo? Pensaba que podían acatarrarse –repuso Emma negando con la cabeza.

Dolly rió.

–No, tesoro, la lluvia no les afecta. Al contrario, si se pasan todo el día en el establo se aburren tanto que acaban pateando las paredes.

–En ese caso los sacaré ahora mismo –la niña se levantó de un salto, se puso un impermeable para la lluvia y salió al exterior. Los perros se limitaron a mirarla, asombrados. No la siguieron ni siquiera hasta la puerta de casa.

Emma sorteó los charcos hasta alcanzar las caballerizas.

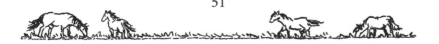

Tres gatos se habían instalado a sus anchas en el box vacío entre el de Aldo y el de Mississippi.

Emma condujo primero al prado a Aldo y después a Mississippi. Los dos se alegraron de veras de salir al aire libre. La lluvia no parecía molestarles. Y Emma también se olvidó de ella al ver a los caballos olfateándose y empujando y frotando sus cuellos por encima de la valla de separación. Cuando el agua corrió por su cuello reparó en que estaba hecha una sopa.

Regresó corriendo a casa. Junto a los establos descubrió a una gata junto al montón de estiércol, que siguió a Emma lanzando maullidos lastimeros.

–Oh, no, creo que a ti no te conozco –murmuró la niña–. Eso significa que mañana tendré que abrir una lata más, ¿me equivoco?

Aceleró el paso, pero la gata la siguió con la misma celeridad.

–¿Por qué acudís todos a casa de Dolly, eh? ¿Es que se ha corrido la voz de que esto es un hotel para animales? –Emma abrió la puerta de casa y el pequeño y sucio animal se deslizó a su lado huyendo de la lluvia.

–Dolly, ¿tienes una gata pequeña de color blanco? –preguntó Emma mientras colocaba su chaqueta encima del radiador.

–¿Blanca? ¿Pequeña? –su abuela asomó la cabeza por la puerta de la cocina–. ¿Te refieres a ésa? No, no la conozco –suspiró–. Ay, madre, otro ingreso. Y por lo delgada que está, seguro que se queda.

La gata entró en la cocina, retrocedió sobresaltada al descubrir a la banda perruna y salió disparada escaleras arriba.

–Con la suerte que me caracteriza, seguro que la pequeña para colmo estará preñada –afirmó Dolly–. Claro, la

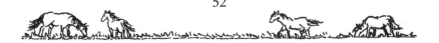

gente se va de vacaciones. Ya verás como no será el único ingreso.

Regresó a la cocina con expresión pensativa.

–¿Puedo echarte una mano? –le preguntó su nieta.

–Me encantaría –Dolly estaba fregando los cuencos de los perros y gatos–. Podrías pelar patatas, para que en esta casa no sólo tengan comida los animales.

–Eso está hecho –contestó Emma, poniendo manos a la obra.

Greñas se acercó, olfateó las mondas de patatas y volvió a tumbarse, decepcionado, debajo de la mesa de la cocina.

–Zas acaba de telefonear –refirió Dolly–. Otro que quiere librarse de su perro. Me temo que pronto tendré que colgar un cartel que diga «Completo». Dos de las gatas están preñadas, Tom necesita sus pastillas para el corazón, hay que vacunar a Greñas. Y Mississippi... –Dolly se interrumpió–. ¿Pero qué demonios hago parloteando? ¿Qué te parece si te preparo un cacao bien caliente para combatir el frío?

Dejó escurrir el agua de fregar y se secó las manos.

Al ver su expresión, Dolly se echó a reír.

–¡Bah, no hagas caso de mis lamentaciones! La lluvia me pone siempre de mal humor y sólo digo tonterías. Pregunta a Zas, él lo sabe de sobra.

–De tonterías, nada –repuso Emma–. ¿Sabes una cosa? Te enviaré mi paga. Con ella podrás comprar la comida de Mississippi. Bueno, al menos, una parte. ¿Vale?

La abuela negó con la cabeza y acarició el cabello a su nieta.

–Nooo..., olvídalo –replicó–. Ya me las arreglaré. Pero debería replantearme la propuesta de Zas.

–¿Qué propuesta? –preguntó Emma, desconfiada.

Dolly solía recibir buenas propuestas. Basilisa Quema-

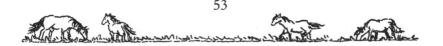

josa le había sugerido que vendiese los prados de los caballos situados detrás de los establos para construir seis adosados. El señor Alerón, el dueño del taller mecánico de enfrente, deseaba comprar a Dolly terreno para instalar un lavadero de coches, y el padre de Leo y Max opinaba que Dolly debería dedicarse a criar caniches.

—En fin —su abuela secó los cuencos y los colocó en fila al lado de la puerta de la cocina—, Zas me ha sugerido que, además de acoger a mis huéspedes permanentes, abra una especie de hotel de vacaciones para animales. A cambio de dinero. Cobayas, un marco al día; gatos, cuatro; y perros, cinco marcos. Algo parecido, ¿entiendes?

—¡Es una idea buenísima! —exclamó Emma.

—¿Tú crees? —Dolly se encogió de hombros—. No lo sé. Esas cosas pueden dar muchos quebraderos de cabeza. Que venga gente y te diga: «Mi perro sólo come esto y aquello». O: «A mi gato hay que cepillarlo todas las mañanas». De momento ya tengo tres perros. ¿Qué haría si llegara una hembra en celo y tuviese que lidiar de pronto con un montón de perritos correteando entusiasmados por aquí? No creo que a sus dueños les gustara encontrarse unos meses después de las vacaciones con una camada de perros o gatos.

—Es verdad —reconoció Emma.

—¿Sabes? —Dolly se sentó a la mesa con ella y rascó a Greñas detrás de las orejas—. Ya va siendo hora de que me hagas algunos de tus preciosos carteles. Ya sabes, «Gato simpático busca dueño simpático» o «¿No le gustaría tener un perrito alegre?».

—¡Claro que sí! —accedió Emma—. Lo haré encantada.

Todos los veranos escribía para su abuela montones de carteles similares y los colgaba de los árboles, en la panadería, en la tienda del pueblo y en la iglesia.

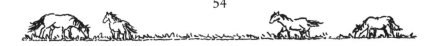

—Esta vez necesito unos cuantos en blanco y negro —precisó su abuela—. Alerón, el del taller de enfrente, se ha comprado una fotocopiadora. Si vas con unos cuantos huevos recién puestos y le cuentas lo estupendo que te parece ese chisme, seguro que te dejará hacer unas cuantas fotocopias. Luego, cuando reparta la prensa, las meteré en los buzones, pues creo que este verano tendremos muchos gatitos. Y algún que otro perro de vacaciones seguro que acabará recalando en mi casa.

—Bien. Pondré manos a la obra ahora mismo —dijo Emma.

Y lo hizo.

Pero antes, visitó de nuevo a Mississippi.

Nada más comer, Emma cruzó al taller mecánico de Alerón. Continuaba lloviendo, y la niña se caló hasta los ojos la capucha del impermeable.

En el aparcamiento situado delante de la sala de reparaciones se veían charcos aceitosos. Emma corrió entre los coches y tractores aparcados... y se dio de bruces con alguien.

–Eh, eh, ¿es que no puede prestar más atención?

Emma alzó la cabeza y se encontró cara a cara con el Caimán. Iba hecho un pincel con sus gemelos de oro, un reloj bien grande en la muñeca y un traje negro como el de un enterrador. Su paraguas goteaba encima de Emma.

–Perdón –murmuró la niña.

–Ah, eres tú –dijo Alberto Gansón esbozando su sonrisa de cocodrilo–. La nieta de Teckel-Dolly. Bueno, hay que ver cómo es tu abuela. Mira que regalarte ese viejo jamelgo. Pero a lo mejor puedes teñir sus rayas blancas, ¿no crees?

Emma se limitó a mirarlo con expresión sombría.

El Caimán estaba apoyado en su cochazo, con Bolonio, el aprendiz del taller de Alerón a su lado acariciando reve-

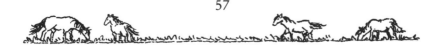

rente la laca gris plata del automóvil. Emma conocía a Bolonio porque a veces llevaba piezas de repuesto para el coche de su abuela.

–¿Puedo pasar? –abriéndose paso entre los dos hombres, corrió hacia la sala del taller. Al volverse, Bolonio seguía mirando embelesado el estúpido coche.

Emma sacó la lengua al Caimán, gesto que éste por desgracia no vio, y se adentró en la oscura sala.

–¿Señor Alerón? –llamó.

Acechó a su alrededor en medio de la oscuridad y oyó el timbre de un teléfono. Detrás de la plataforma de elevación Emma descubrió una pequeña oficina. Llamó a la puerta mugrienta.

–¡Es el descanso del mediodía! –contestó una voz–. Vuelva dentro de una hora.

Emma, haciendo de tripas corazón, asomó, cautelosa, la cabeza por la puerta.

–Soy yo, señor Alerón. Emma, la nieta de Dolly –precisó–. Vengo por la fotocopiadora.

–¡Ah, hola, Emma! –el señor Alerón retiró sus cortas piernas de encima de la mesa y se metió el resto del bocadillo en la boca–. ¡Pasa, pasa! ¡Demonios, lo menos has crecido medio metro! Si no me ando con cuidado, el año que viene me escupirás en la calva.

Emma, sonriendo, depositó sobre la mesa una caja de huevos.

–Dolly me ha encargado que se los dé. ¿Podría hacer a cambio unas fotocopias?

–¡Por supuesto! –el señor Alerón condujo a Emma hasta una mesita situada junto a la ventana–. ¡Fíjate qué joya! –limpió la fotocopiadora con ternura, pasándole un paño–. ¿Magnífica, eh? ¿Sabes cómo funciona?

Emma asintió.

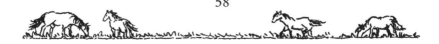

–En el colegio tenemos una parecida.

–Bueno, adelante. ¿Qué deseas fotocopiar?

–Oh, sólo unos carteles... Por los gatos de Dolly, ¿sabe? Y un par de documentos de mi abuela. Ella lo traspapela todo y por eso quiere que los fotocopie.

El señor Alerón sonrió, sardónico.

–Cierto, ella nunca ha sido muy ordenada, pero en cambio era una mujer de bandera, la más apasionada y activa del pueblo. Es una verdadera lástima que no haya querido volver a casarse.

Emma miró sorprendida al hombre rechoncho.

Él se acarició la calva con timidez.

–Sí, un día yo le hice una proposición. Y no fui el único. El viejo Sotobrante, por ejemplo, lo intentó en un par de ocasiones. Pero –encendió la fotocopiadora– ¿por qué te contaré estas viejas historias? Seguro que a una jovencita como tú le aburren.

–Se equivoca –replicó Emma–. Me gusta oír viejas historias. Mi abuela nunca cuenta nada.

–Siendo así, no seré yo quien siga cotilleando –adujo el señor Alerón–. Haz tranquilamente tus fotocopias. Yo he de echar un vistazo a Bolonio. El silencio de ahí fuera es muy sospechoso.

Emma lo siguió con los ojos, meditabunda.

–¡Bolonio! –le oyó gritar–. ¡Deja de acariciar como un pasmarote coches desconocidos! ¡Que se amontona el trabajo!

Emma sonrió y comenzó a fotocopiar. Al final, sacó del bolsillo un papel cuidadosamente doblado. Era el contrato de compra de Mississippi. Dolly lo había colocado en el tablón de su cocina, pero Emma deseaba llevarse una copia a casa. Pensaba colgarlo encima de su cama, por si alguna vez se despertaba creyendo que su yegua sólo

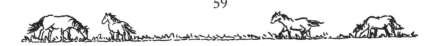

había sido un sueño. Seguro que le sucedería cientos de veces.

En su nueva y desconocida vivienda del cuarto piso, muy lejos de su abuela y de Mississippi.

En el pasillo goteaban dos paraguas y unas voces ruidosas salían del cuarto de estar. Parecían las de Alma y Enriqueta, las mejores amigas de su abuela.

«¿A qué habrán venido?», se preguntó Emma. «Si hoy es martes...» Por regla general, ambas solían reunirse con Dolly los jueves, para jugar a las cartas. La niña se acercó en silencio a la puerta y aguzó el oído, pero no logró captar ni una palabra porque su abuela había puesto su disco de ópera.

La gata blanca recién llegada salió de la cocina y caminó alrededor de las piernas de la niña, maullando. Emma la cogió en brazos y entró en el cuarto de estar.

Dolly servía un jerez a Alma y Enriqueta, que se sentaban en el sofá.

—Caramba, ¿a quién tenemos aquí? —inquirió Enriqueta—. Emma, ratita, deja que te mire. Tienes buen aspecto. Como un merengue.

—Está un poco pálida —comentó Alma—. ¿No os parece?

—No digas bobadas, Alma —bramó Enriqueta—. No todas tienen la cara de color rosa cerdito como tú.

Ofendida, Alma apretó los labios.

–No les hagas caso –le aconsejó su abuela–. Se aburren y por eso han venido. ¿Te ha dejado Alerón hacer las fotocopias?

Emma asintió.

–¿Sabes lo que me ha contado? Que eras una mujer de bandera, la más apasionada y activa del pueblo.

–¿Eso ha dicho? –Dolly meneó la cabeza–. No volveré a comprarle ni un miserable tornillo.

–¿Sabes a quién más me he encontrado? –Emma acarició la barbilla de la gata blanca.

–¿A quién? –Dolly se sirvió un coñac, empujó a Tom y Jerry fuera de su sillón y se sentó.

–Al Caimán.

–¡Cielo santo! –Alma puso unos ojos como platos–. Y ése, ¿quién es?

–El sobrino de Sotobrante –explicó Emma–. Max y Leo le bautizaron así.

–Muy acertado el apodo –gruñó Dolly–. ¿Y a qué había ido al taller de Alerón? ¿Se ha averiado su elegante coche?

Emma se encogió de hombros.

–Ni idea. Estaba allí dejando que Bolonio lo mirase embelesado.

Dolly meneó la cabeza, meditabunda.

–Creía que había regresado a la ciudad.

–Pues no –gorjeó Alma, e inclinándose hacia delante bajó la voz–. Dicen que anda registrando la casa de su tío, buscando algo. Y que no regresa a la ciudad porque no lo encuentra.

–Menudo mentecato –Dolly tomó un buen trago de coñac–. Sotobrante jamás habría escondido su dinero en casa. No le habría rentado nada. Y a Sotobrante le gustaban sus rentas. Le alegraban como si fuera un niño pequeño.

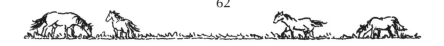

–¿Tú qué opinas, Dolly? –preguntó la gorda Enriqueta con expresión inquisitiva–. ¿Heredará la granja?

–¡Ah, por eso habéis venido! –exclamó Dolly–. Pensáis que sé algo sobre el testamento de Sotobrante. Lo siento, no puedo aportar nada a los chismorreos del pueblo.

–¿De veras? –Alma volvió a recostarse en el sofá.

–Menuda desilusión –suspiró Enriqueta–. Nosotras creíamos que...

–Ya sé lo que creíais –la interrumpió Dolly–. Pero sólo puedo deciros que Sotobrante quería a su sobrino más de lo que éste se merecía. Y creo que se lo legará todo, porque al fin y al cabo es el hijo de su hermana favorita.

Alma y Enriqueta se miraron.

–Pues el ama de llaves de Sotobrante va por todas partes propagando unas insinuaciones muy raras –comentó Alma–. Que en el testamento hay gato encerrado, que Sotobrante lo hizo a propósito y que se divirtió como un loco haciéndolo.

–¿Gato encerrado? –preguntó Emma, intranquila.

La gata blanca saltó de su regazo y se deslizó hacia la jaula de la cobaya emplazada enfrente. Dolly la ahuyentó.

–Bah, sólo son habladurías. ¿Os dais cuenta de lo que conseguís con vuestros cotilleos? Volveréis loca a mi pobre nieta.

–¿Por qué? –Enriqueta y Alma miraron a Emma, sorprendidas.

–¡Porque le he comprado la yegua de Sotobrante, maldita sea! –Dolly se sirvió un café–. Gansón pensaba sacrificarla. Y no me vengáis con que no habéis oído nada, que os conozco de sobra.

Enriqueta calló, pero Alma, atónita, abrió los ojos de par en par.

–¡No me digas! –exclamó–. ¿Que la has comprado?

–Sí –reconoció Dolly–. Pero por si todavía no te has enterado, debo decirte que tus fuentes de cotilleo no son muy eficientes, Alma.

–Ay, es que en su asilo de ancianos una no se entera de nada –Enriqueta se enderezó el lazo que reposaba sobre su generoso pecho–. Yo he de mantenerla siempre al corriente de todo.

Enriqueta había montado una pequeña tienda de productos caseros en la granja de su yerno. Todo el pueblo compraba allí, de modo que ella siempre estaba a la última.

–¡Dios mío, Dolly, dos caballos! –Alma suspiró–. ¿No te estarás pasando?

–La yegua pertenece a Emma –replicó Dolly–. Y además, eso a ti no te importa, Alma. Yo tampoco te doy la tabarra por los enanos de jardín que tienes en tu balcón.

La gata blanca saltó sobre el brazo del sillón de Dolly, observó la mesa y se relamió el hocico.

–Vamos, tomaos el jerez –las apremió Dolly–. Luego os echaré. Tengo cosas mejores que hacer que hablar de amas de llaves cotillas.

Alma y Enriqueta recogieron, obedientes, sus copas. En ese mismo momento, la gata blanca dio un salto y aterrizó en medio de las tazas de café.

Alma soltó un chillido agudo.

–¡Aparta a la gata de la mesa, Dolly! –gritó–. ¡Oh, oh, quítala de ahí!

Emma tuvo que taparse la boca con las manos para no estallar en carcajadas.

–¡Ten cuidado, Alma, no vaya a darte un ataque al corazón! –dijo Dolly–. La pequeña es nueva y aún no conoce las reglas del juego. Vamos, Blanca, largo. La jarrita de leche no es para ti.

La gorda Enriqueta estaba a punto de ahogarse de la risa.

–¡Bueno, Dolly! –resopló–. En verdad se puede decir que en tu casa siempre pasa algo.

–Exacto –replicó Dolly–. ¡Alma, cálmate, mujer! No ha sido nada.

–¡Oh, todos estos animales me enloquecen! –gimió–. Ay, ahora un periquito se me ha posado en el pelo.

–Ya se ha ido –la tranquilizó Dolly–. Los pájaros también necesitan volar de vez en cuando.

Alma, muy agitada, se arregló su permanente. La niña se levantó y miró hacia el exterior.

–Iré un ratito a ver a los caballos. Y después colgaré carteles en la panadería y en la iglesia.

Su abuela asintió.

–Entrega también unos cuantos a Enriqueta. En su tienda se congrega todo el pueblo.

–Ay, Señor, ¿pero vas a dejar salir a la niña con este tiempo? –Alma miró a Emma, horrorizada–. ¿Quieres que coja una pulmonía?

–¡Alma, que la niña no es de azúcar! –exclamó Dolly, suspirando.

Pero su nieta ya había salido.

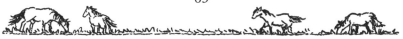

El Caimán llegó cinco días después.

Dolly y Emma estaban en el prado grande, cambiando el agua del abrevadero, una vieja bañera que Dolly había desechado años atrás. Mississippi y Aldo las miraban, arrimados y en buena armonía. Estaban juntos en el prado desde hacía tres días y se llevaban a las mil maravillas.

Cuando Alberto Gansón abrió la puerta de Dolly ni siquiera Greñas ladró. El Caimán se limitó a tirar en el patio un puñado de galletas para perros y tres nuevos amigos le siguieron moviendo el rabo por la propiedad de Dolly.

Emma y su abuela no divisaron al recién llegado hasta que éste se apoyó en la valla del prado.

–Hola, señora Pasoflorido –saludó.

Al verlo, a Emma estuvo a punto de caérsele el cubo del susto. Esa visita no auguraba nada bueno.

Dolly debía de estar pensando lo mismo, pues observaba al inesperado huésped con desconfianza.

–Vaya, qué sorpresa –dijo ella limpiándose las manos mojadas en las perneras del pantalón–. ¿Qué le trae por aquí? Creí que pretendía regresar a la ciudad sin tardanza.

–Y así era –respondió Alberto Gansón–. Pero me quedan ciertos asuntos por resolver. Mi tío ha dejado un desorden considerable. Además, tengo problemas con el coche. Hace unos días tuve que llevárselo a Alerón y aún no ha recibido las piezas de repuesto. Es obvio que ese modelo no está muy difundido por esta zona –su sonrisa de cocodrilo afloró de nuevo. Apartó el hocico olisqueante de Greñas y miró a su alrededor–. Bonita finca la suya. Podríamos hacer algo con ella.

Mississippi y Aldo pastaban en la linde del bosque. Las cabras estiraban el cuello entre ambos para comer las hojas de las ramas.

–Como puede ver, ya hago algo –repuso Dolly–. Pero, por favor, vaya al grano. ¿Qué le trae por aquí?

Gansón espantó una mosca de su traje y contempló sus gemelos con sumo interés.

–Le parecerá extraño, pero he venido para recomprar a Mississippi.

El corazón de Emma comenzó a latir, desbocado.

–¡No me diga! –repuso Dolly–. Y eso, ¿por qué?

–Bueno, ya sabe –Alberto Gansón apoyó uno de sus relucientes zapatos en la valla del prado–. Lo cierto es que cometí una absurda equivocación. Quiero decir que he de ocuparme de la yegua, se lo debo a mi difunto tío. Él sentía tanto apego por Mississippi que le parecería mal que vaya a parar a manos extrañas.

Durante un momento, Dolly calló, limitándose a mirar a Gansón con una leve sonrisa.

–Mississippi está bien –dijo al fin–, y usted mismo puede comprobarlo. Creo que eso sería lo más importante para su tío.

–Por supuesto, no dudo de que usted la cuida bien. Pero no se trata de eso –el Caimán escudriñaba las puntas de sus

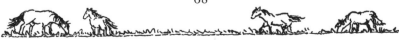

zapatos como si allí hubiera algo extraordinario que descubrir.

–¿De qué entonces? –preguntó Dolly–. No pretenderá hacerme creer en serio que le remuerde la conciencia. Sotobrante ni siquiera estaba seguro de que usted tuviera conciencia.

Gansón continuaba mirándose los zapatos. Cuando alzó la cabeza, exhibía una sonrisa aviesa.

–De acuerdo, ya entiendo. Quiere usted negociar. Yo haría lo mismo –se miró el reloj–. Le ofrezco trescientos marcos. Es un buen negocio, ¿no cree?

Emma miró a Dolly, atemorizada. Pero su abuela rió. A carcajadas.

–Cierto, sería realmente un buen negocio –contestó–. Pero no puedo revenderle la yegua –rodeó con el brazo los hombros de Emma–, porque pertenece a mi nieta. Si quiere recuperar a Mississippi, tendrá que negociar con ella.

El Caimán entornó los ojos.

Carraspeó. Cuando volvió a hablar, su tono denotaba impaciencia.

–Muy bien. Tú te llamas Emma, ¿verdad?

La niña lo miraba con animadversión.

–¿Me vendes la yegua, Emma? Te daré cuatrocientos marcos. Es muchísimo dinero para una niña pequeña.

Emma se encogió de hombros.

–Me da igual. No pienso vender a Mississippi.

–¡Eso es ridículo, absolutamente ridículo! –Alberto Gansón se pasó la lengua por los dientes y dirigió los ojos hacia la yegua.

Cuando volvió a mirar a Emma, exhibía de nuevo su sonrisa de cocodrilo en los labios. Pero una versión muy edulcorada de la misma.

–Vamos, vamos, reflexiona –le aconsejó–. Tienes pinta

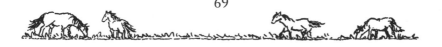

de ser lista. Por ese dinero puedes comprar otro caballo mucho más bonito. Un caballo con el que presumir delante de tus amigos. ¡Fíjate en esa yegua, por favor!

–A mí me parece preciosa –respondió Emma.

Oyó un resoplido a su espalda. Mississippi alargó, curiosa, la cabeza por encima del hombro de la niña y mordisqueó su jersey. Emma le acarició la nariz con ternura.

–¿Lo ve? Yo la quiero y ella me quiere. Y además tampoco es testaruda. Sólo un poco salvaje a veces y le gusta mordisquear los jerseys. Pero por lo demás...

Ahora también Aldo se aproximaba a la valla.

Alberto Gansón retiró rápidamente su pie del travesaño y retrocedió un paso.

–¡Pero es que la yegua es mía! –gritó–. ¡Y quiero recuperarla!

–¿Y eso por qué? –gritó Emma a su vez, tan alto que Mississippi levantó de golpe la cabeza, asustada–. ¡Si usted ni siquiera le tiene cariño!

Al Caimán no se le ocurrió qué responder. Dio media vuelta, caminó unos pasos, tropezando casi de rabia con sus elegantes zapatos... y regresó.

–Haré una última oferta –anunció–. Quinientos marcos –miró a Dolly–. Diga a la testaruda de su nieta que es una buena suma.

Dolly se limitó a negar con la cabeza.

–No pienso intervenir. Eso es asunto de Emma.

Alberto Gansón miró a la niña. Con la mirada más sombría que nadie le hubiera dirigido jamás. Emma sintió un escalofrío.

–Bien, ¿qué me contestas?

Emma le devolvió otra mirada igual de sombría.

–Jamás le venderé a Missi –respondió–. Ni siquiera por cien millones de marcos. Se ponga como se ponga.

El Caimán la miró de hito en hito. Después se volvió en silencio, soltó una patada a un cubo vacío depositado sobre la hierba y se marchó a grandes zancadas.

—¡Ya hablaremos! —gritó antes de subir al coche.

Se alejó con el motor rugiendo.

—Vamos —dijo Dolly a Emma—. Ya va siendo hora de que terminemos el trabajo.

Vertieron unos cuantos cubos de agua más en el abrevadero, dieron algo de trébol que mordisquear a Aldo y Mississippi para que las moscas los dejasen en paz y luego regresaron a casa en silencio.

—Emma —Dolly suspiró—. Todo este asunto nos traerá problemas. Sin duda Gansón no se ha presentado aquí por su mala conciencia. Acaso haya algo de cierto en lo del testamento de Sotobrante. Si al menos supiera qué...

Emma miró a su abuela, preocupada.

—Pero yo no podía devolver Mississippi a ese tipo.

—¡Por supuesto que no! —repuso Dolly—. Mississippi te pertenece, y punto. No, has actuado muy bien. Pero tendremos problemas. Te apuesto lo que sea. ¿Sabes? Voy a prepararme un café y un cacao caliente para ti, y después nos sentaremos un rato debajo del nogal y reflexionaremos sobre lo sucedido. ¿Conforme?

No llevaban ni un minuto sentadas a la mesa, cuando Basilisa Quemajosa se apoyó en la puerta del jardín.

—¿Qué quería el sobrino de Sotobrante?

Dolly suspiró.

—Basilisa, eres justo lo que me faltaba —le espetó—. ¿No tienes que barrer tu acera?

—Venga, suéltalo de una vez —Basilisa Quemajosa recogió una manzana podrida y con la punta de los dedos la arrojó al cubo de la basura de Dolly—. ¿Qué quería?

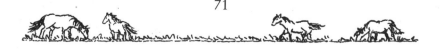

Dolly suspiró. Fue inútil. Para Basilisa no había secretos.

–Volver a comprar la yegua –contestó Dolly–. ¿Satisfecha?

–¿Volver a comprar la yegua? –Basilisa Quemajosa miró perpleja primero a Dolly y luego a Emma–. ¿Qué significa eso? Si nunca ha soportado a ese animal.

–¿Lo ves? Eso mismo nos preguntamos nosotras –repuso Dolly–. Pero no hemos hallado respuesta. ¿Se te ocurre alguna?

–Pretendía llevarla al matadero –comentó Basilisa–. A lo mejor todavía desea hacerlo. Porque la yegua le mordió en una ocasión. Lo sé de buena tinta, pues me lo contó el propio Sotobrante. Cuando aún estaba vivo, por supuesto.

Dolly negó con la cabeza.

–¿Crees que estaría dispuesto a pagar quinientos marcos por esa razón?

–¿Quinientos marcos? ¡Alabado sea Dios! –Basilisa Quemajosa palideció–. ¿Pretendía pagarte quinientos marcos? ¡Ni tu zoo entero vale semejante suma!

–Exacto –Dolly se frotó la frente, pensativa–. No me cabe en la cabeza, sencillamente –murmuró–. Vamos, Emma, preparémonos algo de comer.

–Ah, Dolly, antes de que me olvide –les dijo Basilisa mientras se alejaban–, ayer tus gatos han vuelto a escarbar en mis arriates de rosales. Si vuelvo a pescar a esos dos, los haré salchichas.

–¿Por qué te sulfuras tanto? ¡Deberías alegrarte! –le contestó Dolly–. Eso te evitará cavarlos, Basilisa.

Emma y Dolly ya no escucharon su respuesta. Acababan de cerrar la puerta de casa.

—¿Qué te apetece comer hoy? –preguntó Emma a la mañana siguiente mientras desayunaban.

Cuando visitaba a Dolly, cocinaba casi a diario. Porque lo hacía mucho mejor que su abuela.

—¡Ay, Señor, qué pregunta tan difícil! –suspiró Dolly–. Ya sabes que soy incapaz de decidirme. Sorpréndeme, ¿vale?

—De acuerdo –contestó la niña–. Creo que ya sé lo que haré. ¿Saldremos a la compra?

Dolly asintió.

—Se me ha acabado la comida para gatos, tengo que encargar pienso para los caballos y necesitamos café. ¡Con urgencia!

—También me gustaría comprar un carrete de fotos –dijo su nieta–. Para fotografiar a Mississippi. ¿Tienes cámara, verdad?

Dolly se encogió de hombros.

—Sí, no sé dónde, pero tengo una. Eh, Tom y Jerry –miró debajo de la mesa, donde los perros esperaban las sobras del desayuno–, hoy nos llevaremos a Greñas, ¿entendido? Así mi alfombra se repondrá un poco. Vosotros dos podéis

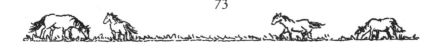

resultar útiles durante nuestra ausencia. Buscad la cámara de fotos, ¿conforme?

Permanecieron fuera casi toda la mañana. Cuando al fin compraron todo lo necesario, el *combi* de Dolly estaba abarrotado y su monedero casi vacío.

–¡Madre mía! –suspiró cuando emprendieron el camino de regreso–. ¿Es que los precios suben diez céntimos cada día? Si esto sigue así, tendré que alimentar a los gatos con hierba y a los perros con hojas.

Su abuela conducía por la carretera a tal velocidad que Emma se agarraba al asiento. Mamá calificaba la forma de conducir de Dolly de pavorosa, Dolly de deportiva. Pero ese día realmente se estaba pasando de la raya.

–¿No podrías ir un poco más despacio? –preguntó Emma–. Es que me gustaría llegar viva, ¿sabes?

–¡Oh, disculpa! –su abuela levantó el pie del acelerador–. Es que acabo de caer en la cuenta de que Zas debe de llevar un cuarto de hora sentado a la puerta de casa. Me prometió que hoy vacunaría a los perros. ¡Cielos, estará furioso! Tendré que inventar una buena excusa.

Pero no se le ocurrió ninguna. Y a Emma, tampoco. Cuando al fin llegaron a la granja, del veterinario no se veía ni rastro. Ni de él, ni de su coche.

–¡Oh, no! –gimió Dolly–. Se ha marchado. ¡Qué faena!

Acarrearon juntas hasta la casa cajas llenas de comestibles y pienso para animales. Cuando Dolly se disponía a abrir la puerta, la encontró abierta.

–¿Estaré chocheando? –murmuró–. La cerré con llave, ¿no?

–Creo que sí –contestó su nieta–. Tú siempre cierras con llave, porque Jerry sabe abrirla.

Dolly sacudió la cabeza, levantó una caja... y volvió a

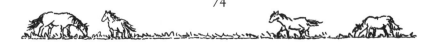

depositarla en el suelo. Greñas alzó la cabeza, mirándola inquisitivo.

–¿Has oído eso? –susurró.

–¿Qué? –Emma, asustada, se puso al lado de su abuela y atisbó por el pasillo.

Sin embargo, no descubrió nada sospechoso. La puerta de la cocina estaba entreabierta.

–¡La cafetera! –susurró Dolly–. ¡Está encendida!

La cafetera eléctrica de Dolly hacía un ruido infernal. Nada producía semejante estrépito.

–Bueno, tal vez haya olvidado cerrar la puerta con llave –murmuró Dolly–. Pero no me parece probable que los perros se estén haciendo un café, ¿no crees?

La niña negó con la cabeza.

–Tú espera aquí –Dolly cruzó el umbral con paso decidido–. Ven, Greñas.

Emma, atemorizada, la sujetó agarrándola por la chaqueta.

–¿Te has vuelto loca? –siseó–. No puedes entrar ahí. Cruzaré corriendo hasta el taller de Alerón y llamaré a la policía.

–¡Ni hablar! Greñas y yo nos encargaremos –replicó su abuela–. Tú te quedas aquí.

Se deslizó hasta el perchero, tanteó por el estante de los sombreros y alzó un spray lacrimógeno con gesto triunfal.

A Emma casi se le paró el corazón.

La cafetera seguía regurgitando.

Dolly empuñó el spray con la mano derecha y dio un paso hacia la puerta abierta de la cocina. Greñas aguardaba a su lado, moviendo el rabo. Emma, incapaz de soportarlo, se colocó detrás de su abuela a la velocidad del rayo.

Dolly abrió la puerta de golpe.

–¡No se mueva! –gritó–. O recibirá una descarga de gas lacrimógeno en plena cara.

–¡Dolly! –exclamó el doctor Zas levantándose de la silla como una flecha–. ¿Qué mosca te ha picado?

Greñas desapareció debajo de la mesa de la cocina.

Dolly y Emma miraban al veterinario patidifusas.

–¿Cómo diablos has entrado? –preguntó Dolly tras recuperar el habla.

–¡Qué cosas tienes! –Zas volvió a dejarse caer en la silla con un suspiro–. ¡Por la puerta!

–¿Y tu coche? –Dolly aún empuñaba el spray–. Tú nunca vienes a pie.

–Lo tengo otra vez en el taller de Alerón –gruñó el hombre–. Ese cacharro se para continuamente. Así que lo he dejado ahí enfrente, en el taller, y he cruzado para vacunar a tus perros. Me ha asombrado que no estuvieras en casa. Pero al darme cuenta de que la puerta estaba abierta, he entrado para vacunar a Tom y Jerry. No ha sido tarea fácil, maldita sea. Después, como premio, me he preparado un café y os he esperado –miró debajo de la mesa–. Es inútil que te escondas, Greñas. Te tocará el turno enseguida.

–¿Estaba la puerta abierta? –Dolly observó la cocina con detenimiento.

–¡Pues claro! –contestó Zas.

–Bueno, pues yo la cerré –repuso Dolly.

Abrió la puerta de la nevera, escudriñó el interior y volvió a cerrarla.

–¿Cómo? –Zas la miró atónito–. ¿Qué quieres decir?

Dolly sacó de la cafetera la jarra llena, cogió dos jarras del estante y se sentó a la mesa con Zas. Emma continuaba en el umbral.

–Me he olvidado de ti –contó Dolly–. Lo siento. En el viaje de vuelta he conducido como una suicida para llegar a

tiempo. Pero estoy completamente segura de que cerré la puerta.

–¡Cielos! –Zas la miró, incrédulo–. ¿Ladrones? ¿Aquí? ¿Y qué iban a robar en tu casa? ¿Gatas preñadas y gallinas viejas?

Dolly se encogió de hombros.

–Zas, sabes de sobra que no soy precisamente una mujer ordenada, pero observo que alguien ha rebuscado en los armarios y cajones. Los de la cómoda grande del pasillo están mal cerrados. Y por descontado, no creo que hayas sido tú.

El veterinario, mudo, clavaba los ojos en su café.

–Santo cielo –murmuró–. Eso significa que podría haberme dado de bruces con ese tipo –tragó saliva.

–Bah, los perros te habrían protegido –replicó Dolly.

–¿Los tuyos? –Zas torció el gesto–. Cuando he entrado, esos dos, en lugar de ladrar me han lanzado una aburrida mirada de reojo desde la puerta del cuarto de estar. Pero al darse cuenta de que era yo, se han escondido debajo de la mesa. He tenido que sacar a rastras a los señoritos. Uno detrás de otro, porque una simple inyección les aterroriza. Después han vuelto a esconderse a toda prisa. ¿Y ésos van a proteger a alguien?

–Es verdad, lo cierto es que no son los mejores perros guardianes.

Emma se aproximó a la ventana de la cocina y contempló el prado. Mississippi y Aldo pastaban pacíficamente juntos debajo de los árboles. Se dio la vuelta, más tranquila.

–¿Han robado algo? –preguntó la niña.

Su abuela se encogió de hombros.

–Todavía no lo sé. Me he llevado el dinero a la compra. Y aparte de eso, aquí no hay mucho más. Más tarde lo revi-

77

saré todo con calma. Oye, Zas, ya que estamos aquí –Dolly removió su café–, ¿sabes algo del testamento de Sotobrante?

–¿Yo? No. ¿Por qué? –el veterinario la miró, sorprendido.

–Es que Enriqueta y Alma estuvieron aquí hace unos días y dejaron caer unas insinuaciones muy raras –explicó Dolly–. Que el ama de llaves de Sotobrante va diciendo por ahí que el testamento tiene truco. No le he dado muchas vueltas en la cabeza a esa cuestión, pero ayer, de repente, se presentó aquí su sobrino con la intención de recomprar a Mississippi.

–¿Qué? –el hombre, de la sorpresa, estuvo a punto de caerse al suelo con silla y todo.

–Lo que oyes. Y cuando me negué, se puso fuera de sí.

–Hmm –el doctor Zas se pellizcó el lóbulo de la oreja–. Desde luego es extraño, muy extraño. Trataré de enterarme de algo. El ama de llaves de Sotobrante acude cada tres por cuatro a mi consulta con su perro, a pesar de que el animal está sano como un roble. Quizá ella me cuente lo que sabe. En fin –terminó su taza de café y se levantó–. Me marcho. Pero antes echaré un vistazo a Mississippi. ¿De acuerdo, Emma?

La niña se levantó de un brinco.

–Sí, con mucho gusto –contestó–. Le acompaño.

El doctor Zas se mostró muy satisfecho de Mississippi.

–Desde que está contigo, esta dama ha rejuvenecido por lo menos cinco años –dijo a Emma–. ¿Le pones algún remedio milagroso en la comida?

Emma negó con la cabeza, confundida.

–De vez en cuando le doy algo de ajo contra las moscas. Un montón de zanahorias, y todos los días nos damos un paseíto vespertino.

78

–Magnífico –el veterinario palmeó el cuello de la yegua. Mississippi torció la cabeza e intentó mordisquear su jersey–. ¡Ajá! –Zas retrocedió, riendo–. Así que sigues intentándolo, ¿eh? ¿Cuánto tiempo pasa en el establo?

–Uy –Emma se encogió de hombros–, en realidad siempre está fuera. Por la noche suelo meterla dentro, sobre todo desde la visita del sobrino de Sotobrante. Pero por la mañana, los dos vuelven a salir muy temprano al prado, aunque llueva. Dolly dice que les sienta de maravilla.

–Y es cierto –confirmó Zas–. La mayoría de los caballos pasan demasiado tiempo encerrados. A veces, el viejo Sotobrante sólo sacaba del box a Mississippi para cabalgar. O cuando tenía que hacerle compañía en casa mientras tomaba café. Yo no me cansaba de repetirle que necesitaba aire fresco y la compañía de otros caballos, pero él no quería ni oír hablar del asunto. «El aire fresco le provocará un catarro», rezongaba él, «y con mi compañía tiene más que suficiente». Estaba embelesado con la yegua, pero no tenía ni idea de caballos. Además era un cabezota terrible.

Emma miró hacia el prado donde Aldo y Mississippi pastaban juntos en buena armonía.

–Tengo un miedo espantoso a que me la quiten –repuso en voz baja.

–¡No digas bobadas! –el doctor Zas le rodeó los hombros con su largo brazo–. Claro que podrás conservarla. Todas esas habladurías sobre el testamento son simples chismorreos de pueblo. Aquí no pasan muchas cosas de las que pueda hablar la gente, de manera que a veces inventan algo para hacer más interesante la vida. No te preocupes, ¿vale?

Emma asintió.

–He oído que tus padres y tú os mudáis. ¿Te irás más lejos?

–No –Emma sacudió la cabeza–. Incluso queda más cerca.

–Estupendo –comentó el hombre–. Entonces a lo mejor hasta puedes venir algún fin de semana.

–Seguro que lo haré –afirmó Emma sintiéndose enseguida un poco mejor.

–¿Ladrones? –preguntó Max–. ¡Qué fuerte, tío! Por desgracia a nosotros nunca nos ha pasado algo así.

–¿Y qué han robado? –inquirió Leo.

–¡Nada! –contestó Emma–. Eso es lo raro.

El sol de la tarde estaba muy alto en el cielo y los tres tiraban piedras al agua turbia del estanque del pueblo.

–Es cosa del Caimán –opinó Max–. Te apuesto lo que quieras. Está furioso porque no le devuelves la yegua. A lo mejor ha sido una especie de venganza.

–¡No digas tonterías! –Leo sacudió la cabeza–. Entonces lo habría destrozado todo. Nooo. Dolly olvidó cerrar la puerta con llave, eso es todo. Y sus armarios y cajones siempre parecen haber sido revueltos por alguien.

–Y las galletas para perros, ¿qué? –comentó Emma–. En el cubo de la basura había una bolsa vacía, y Dolly nunca compra esa marca.

–¿Lo ves, listillo? ¡Ahí tienes la prueba! –Max chasqueó los dedos ante la nariz de su hermano–. Todos en el pueblo saben que los perros de Dolly no dicen ni mu si les das de comer.

Leo negó con la cabeza.

–Seguro que el Caimán no lo sabe. Además, ¿qué iba a querer de la casa de Dolly?

Los otros dos tampoco supieron responder.

–¡Tío, eres tan lógico! –murmuró Max–. Reconozco que es para volverse loco. ¿Y no vio nada la vieja Basilisa? Está continuamente atisbando por encima de la valla.

–No –Emma suspiró–. Estaba visitando a su hermana.

La niña arrancó una hoja de diente de león y la mordisqueó durante un buen rato, sumida en sus pensamientos. De repente se incorporó, sacudiéndose la hierba de los pantalones.

–Cabalgaré hasta allí –anunció–. Con Aldo.

Los chicos la miraron asombrados.

–¿Adónde? –preguntó Max.

–A casa de Sotobrante –respondió Emma–. El Caimán planea algo. Con toda seguridad. Está frenético por recuperar a Mississippi. No tengo ni idea de por qué, pero apuesto a que tiene algo que ver con esa extraña irrupción en casa de mi abuela. Y pienso averiguar el motivo. Por eso cabalgaré hasta allí –dio media vuelta y regresó corriendo a casa. Los chicos la siguieron.

–¡Eh, espera! –gritó Max.

Pero Emma no se detuvo. Trepó por encima de la puerta, corrió junto a la casa y sacó del establo los arreos de Aldo. No necesitaba silla de montar. Su abuela le había enseñado a montar a pelo.

Cuando Emma abrió la verja del prado, Mississippi y Aldo alzaron la cabeza, sorprendidos. Las cabras se dirigieron hacia ella con un trotecillo, hasta que se tensaron las cuerdas que las sujetaban a los postes.

–No, lo siento, ahora no tengo nada para vosotras –dijo Emma pasando de largo.

–¿Y qué pretendes preguntarle? –le gritó Max desde la

valla–. ¿Eh, señor Caimán, irrumpió usted sin permiso en casa de mi abuela?

Emma no contestó. Aldo y Mississippi trotaron, curiosos, hacia ella. Emma apartó con suavidad el hocico olisqueante de Missi e intentó poner las riendas al caballo. Cuando quiso introducirle el bocado en la boca, Aldo apartó la cabeza. Pero después debió de recordar que ese chisme incómodo significa «salir a cabalgar» y se dejó colocar las riendas con la mansedumbre de un cordero. Mississippi los contemplaba con sumo interés.

–Aldo volverá enseguida, Missi –dijo Emma–, sólo tiene que llevarme rápidamente a un sitio. Otro día también saldremos a cabalgar nosotras, ¿vale? Si te apetece.

Cuando sacó a Aldo fuera del prado, la yegua los siguió hasta la valla.

–¡Alto! –Emma entregó a Leo las riendas, cerró la puerta y se acercó de nuevo a Mississippi que, inquieta, alargaba la cabeza por encima del cercado–. Está bien –dijo Emma, acariciándola y quitándole una bardana de las crines–. Regresaremos pronto. Palabra de honor.

–Max tiene razón, Emma –le dijo Leo–. Es una estupidez cabalgar hasta la casa de Sotobrante. ¿Qué vas a hacer allí?

–Espiar –respondió la niña, arrebatando las riendas al atónito Leo y subiendo a lomos de Aldo–. Averiguaré lo que ocurre. Max, suelta las riendas, maldita sea.

–De ninguna manera –replicó–. Salvo que nos lleves contigo.

Emma suspiró.

–De acuerdo. Pero sólo a uno. Aldo no puede con los tres. ¿Quién viene?

Los dos hermanos se miraron.

–Lo echaremos a suertes –dijo Leo, y ganó.

83

Max, de rabia, casi se habría tragado la moneda, a pesar de que le disgustaba montar a caballo.

—Di a Dolly que he salido de excursión con Aldo y con Leo —le encargó Emma—. Pero no se te ocurra contarle lo que me propongo hacer. ¿Está claro?

—Clarísimo —gruñó Max—. ¡No soy imbécil!

—Y ocúpate un poco de Missi —agregó la niña mientras salía a caballo por la puerta—. Creo que está preocupada.

—Sí, sí, haré manitas con ella —rezongó Max.

Después siguió con mirada envidiosa a Emma y a su hermano.

Aldo no era veloz. Se detenía siempre que pasaba un coche y no volvía a trotar hasta que había desaparecido tras la próxima curva. Por suerte, pocos automóviles recorrían la carretera hacia la casa de Sotobrante y a Emma el trayecto le resultó más corto que la mañana que fueron a buscar a Mississippi.

Ataron a Aldo en el bosquecillo emplazado tras los establos de Sotobrante, le dieron unas cuantas zanahorias y después se aproximaron furtivamente a la oscura casona. Divisaron dos coches estacionados en el patio, el lujoso del Caimán y un viejo cacharro oxidado.

—¡Voy a volverme loco! —susurró Leo mientras se deslizaban junto a los automóviles—. ¡Éste es el coche de Bolonio! —Emma intentó dirigirse hacia la puerta de entrada que había utilizado cuando acompañó a su abuela, pero Leo la condujo hasta una estrecha puerta situada en la parte trasera de la casa.

—Es la entrada de la cocina —musitó—. A veces traía el pan al viejo Sotobrante, y su ama de llaves siempre me dirigía hasta aquí.

La cocina estaba vacía y cubierta de polvo, como si na-

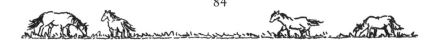

die la hubiese utilizado desde hacía años. La nevera zumbaba, en el fregadero había filtros de café antiguos y dos botellas vacías de vino blanco, y sobre la mesa se apilaban envases de pizza grasientos.

La verdad es que Leo conocía al dedillo la casa de Sotobrante. Sin vacilar, condujo a Emma por largos pasillos y una escalera empinada hasta el piso superior.

–Sotobrante siempre me dejaba fisgonear por aquí –comentó a Emma en voz baja–. Una vez jugamos a «Tom Sawyer en busca del tesoro». Escondió en algún lugar de la casa una cajetilla de cigarrillos con monedas de cinco marcos y yo tenía que encontrarla. A veces me costaba toda la tarde y Sotobrante se lo pasaba en grande. Por desgracia, nunca pude quedarme el dinero.

Leo apoyó su oreja contra una puerta, la entreabrió y atisbó con cautela por la rendija.

–El cuarto de estar –susurró–. Ven.

Entró en la amplia estancia haciendo señas a Emma para que lo siguiera. Hasta entonces había reinado en la casa un silencio sepulcral, pero de repente oyeron voces procedentes de la habitación vecina.

Emma reconoció una en el acto. Era la del Caimán. Luego reconoció también la otra. Leo tenía razón: Bolonio, el aprendiz de Alerón, acompañaba al Caimán.

–Están ahí enfrente –cuchicheó Leo–. En la biblioteca de Sotobrante.

Se deslizaron hasta la puerta con suma cautela. Sólo estaba entornada. Emma, haciendo acopio de todo su valor, atisbó por la estrecha rendija. Leo se agachó y miró por debajo del brazo de la niña.

Allí estaban ambos. El Caimán, fumando un cigarrillo, y Bolonio merodeando a su alrededor igual que un perrito faldero.

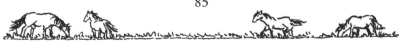

–¿Seguro que no te ha visto nadie? –le preguntó el Caimán–. ¿Ni siquiera el veterinario?

–¡Bah! –Bolonio alzó la mano con gesto despectivo–. Ése está siempre tan sumido en sus pensamientos que pasaría por alto a un elefante a no ser que se diera de bruces con él. Desde luego fue una mala pata que zascandilease por la puerta justo cuando yo salía de la casa. Pero, rápido como soy, me agaché detrás del tonel que recoge el agua de lluvia y el veterinario pasó a mi lado con desgana. La verdad es que no he tenido problemas –soltó una risita–. Después, cuando vino a recoger su coche al taller, me contó con pelos y señales que alguien había entrado sin permiso en casa de Dolly Pasoflorido.

El sobrino de Sotobrante asintió, satisfecho, y sacudió la ceniza sobre la alfombra. Después alargó la mano.

–Bien, entonces dámelo de una vez.

Bolonio manipuló la cremallera de su chaqueta.

–¡Un momento! –rezongó–. Siempre se atasca.

Alberto Gansón chasqueó los dedos con impaciencia.

–Vamos, date prisa.

–Sí, sí –Bolonio tiró hasta descorrer la cremallera–. Mi chaqueta no es tan cara como la suya.

Sacó un sobre doblado del bolsillo interior y se lo entregó al Caimán.

–La verdad es que tuve que buscar durante un buen rato, ¿sabe? Dolly no es muy ordenada que digamos. Al final encontré la nota sujeta en el tablón de la cocina.

Emma sabía perfectamente de qué hablaban. Del contrato de compra de Mississippi. ¿Cómo no habían reparado en ello?

–¡Espléndido! –Alberto Gansón palmeó el flaco hombro de Bolonio. Después sacó un mechero del bolsillo y acercó la llama al papel.

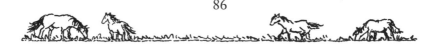

—¡Hecho! —contempló satisfecho cómo los restos carbonizados del contrato de compra caían sobre la alfombra—. Ahora la yegua vuelve a ser mía. Me regocija pensar en la cara de tonta de esa pequeña tozuda. Además, ¡qué mala suerte! Se ha quedado sin yegua y sin dinero para comprar otro caballo.

Gansón pisó los últimos jirones humeantes con sus relucientes zapatos.

Leo suspiró en voz baja. Emma se puso el dedo sobre los labios... y al hacerlo propinó un codazo a la puerta.

Bolonio y el Caimán giraron la cabeza.

Emma y Leo se apartaron de la puerta abierta, asustados.

—¿Has oído eso? —preguntó el Caimán.

En ese momento, Leo pisó una madera de la tarima, que crujió.

Alberto Gansón se plantó junto a la puerta. La abrió de golpe... y se topó con una habitación vacía. Emma se había ocultado debajo del grueso sofá de Sotobrante y Leo, en el último segundo, detrás de la cortina.

—¿Qué ha sido eso? —gruñó el Caimán—. ¡Vamos, Bolonio, registra la habitación!

—¿Yo? —el interpelado cruzó el umbral de la puerta, vacilando—. ¿Por qué yo? Ya he terminado mi trabajo. Deme el dinero y me largo.

—¡Busca! —le ordenó el Caimán con tono violento—. Como nos haya oído alguien, tú también estás metido en el ajo.

Emma apenas podía respirar, pues casi no cabía en su escondite a pesar de estar tumbada. Los muelles de metal deformados del acolchado del sofá se clavaban en su espalda. A pesar de todo asomó la cabeza con sumo cuidado, aunque apenas acertó a ver los zapatos de Bolonio y del Caimán. Es decir, nada en absoluto.

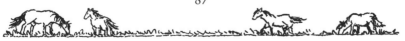

—Vale, vale —gruñó Bolonio—. ¿Por dónde empiezo?

—Por donde se te antoje, majadero —repuso el Caimán—. Lo principal es que comiences de una vez. Yo vigilaré la puerta.

Bolonio masculló entre dientes algo incomprensible, se volvió... y se encaminó hacia el sofá.

El corazón de Emma latía desbocado. Y ahora, ¿qué? Desesperada, retrocedió cuanto pudo.

De pronto oyó la voz de Leo.

—¡Hola, Bolonio! —saludó—. ¿Qué haces aquí?

Emma estuvo a punto de gritar del susto, pero consiguió morderse la lengua. Conteniendo el aliento se deslizó hacia delante hasta que logró divisar las deportivas de Leo justo delante del sofá, tan cerca que habría podido tocarlas estirando la mano. Durante unos instantes interminables reinó un silencio sepulcral.

Luego, el Caimán dijo con voz peligrosamente tranquila:

—Eso te pregunto yo a ti, muchachito —sus zapatos inmaculados se aproximaron a Leo—. ¿Qué estás haciendo en mi casa? ¡Sujétalo, Bolonio!

—¡Pero si es Leo! —oyó Emma decir a Bolonio—. El hijo del panadero.

—Contesta, ¿qué haces aquí? —le interpeló el Caimán, enfurecido—. Esto es allanamiento de morada, ¿lo sabes?

—Estoy aquí por una apuesta —contestó Leo.

A él siempre se le ocurrían excusas en cuestión de segundos.

—¿Qué tipo de apuesta? —preguntó Gansón.

—¡Eh, tú! —Leo propinó un pisotón a Bolonio—. ¡Quítame de una vez tus pringosos dedos de encima! No tengo intención de salir corriendo.

—Te aconsejo que no lo intentes —le advirtió el Caimán—. Porque me encantaría entregarte a la policía.

88

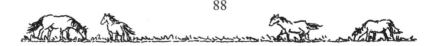

«Seguro que no, cerdo», pensó Emma. «Lo último que querrías ver aquí es la policía.» Leo lo sabía de sobra.

–Oiga, he hecho una apuesta con mi hermano –explicó Leo–. Que me atrevería a entrar aquí a pesar de su presencia. Mi hermano es un farolero y deseaba darle una lección.

–Es cierto, su hermano es un fanfarrón –corroboró Bolonio.

–¿Ah, sí? –la voz del Caimán seguía trasluciendo desconfianza–. ¿Y cómo pensabas demostrar que te has atrevido a entrar? ¿Acaso tu hermanito está ahí fuera, observándonos?

–¡Y un cuerno! –Leo se movía, inquieto–. Ése no se atrevería a entrar ni en el patio. Por el fantasma de Sotobrante, ¿sabe? No…, como prueba yo tenía que llevarme uno de los bolígrafos de Sotobrante. Con su nombre escrito. Aquí hay un montón de chismes parecidos por todas partes. Tome, ya me había guardado uno. ¿Lo ve?

Emma apenas daba crédito a sus oídos. ¿Cómo se podía urdir mentiras con semejante habilidad?

–¡Es verdad! –exclamó Bolonio, aliviado–. Tiene uno. Bueno, entonces podemos dejar que se vaya, creo yo.

–Hmmm –era evidente que el Caimán aún no estaba convencido del todo.

Emma empezó a sentir un cosquilleo en la nariz. Rápidamente se la tapó.

–¿Están fisgoneando por aquí otros de tu ralea? –preguntó de nuevo el Caimán.

–No. En serio –repuso Leo con tono rotundo–. Al menos que yo sepa. ¿Puedo irme?

Durante unos instantes reinó el silencio.

–¿Cuánto tiempo llevabas en esta habitación? –gruñó Alberto Gansón–. ¿Has estado espiándonos?

–¿Cómo iba a haberles espiado? –preguntó Leo–. De re-

pente he oído voces y he pensado: es el fantasma del viejo Sotobrante. Madre mía, me he escondido a toda velocidad, por supuesto. Usted habría hecho lo mismo, creo yo.

–Es posible –el Caimán dio otro paso hacia Leo. Ahora se encontraba muy cerca–. Pero te lo advierto: si has oído algo, olvídalo. Cuanto antes, ¿entendido?

–¡No he oído nada! –insistió Leo–. Palabra de honor. Me he escondido detrás de la cortina a la velocidad del rayo.

–Me alegro por ti –Alberto Gansón retrocedió–. No obstante, Bolonio no te quitará ojo de encima durante una temporada. Por si las moscas. ¿No es cierto, Bolonio?

–Sí, sí –gruñó éste.

No parecía muy entusiasmado.

–Saca de aquí al mozalbete –ordenó el Caimán–. Y dale una buena patada en el trasero, para que emprenda deprisa el camino a su casa.

Bolonio desapareció con Leo y Emma se quedó sola con el Caimán.

El hormigueo en su brazo izquierdo estaba a punto de enloquecerla, pero no se atrevía a rascarse. Yacía rígida como un palo. La alfombra polvorienta le cosquilleaba la nariz. Oyó al Caimán encender un cigarrillo. Después sus zapatos se aproximaron y se sentó en el sofá.

Emma apretó los dientes cuando los muelles del sofá se clavaron con más fuerza en su espalda. Pero no profirió sonido alguno. El Caimán jamás creería que estaba allí por una apuesta.

El hombre cruzó las piernas. La ceniza del cigarrillo cayó sobre la alfombra.

«Si tengo que estar aquí tumbada mucho tiempo más», se dijo Emma, «me volveré loca. Loca de remate».

Bolonio regresó. Pero sin Leo.

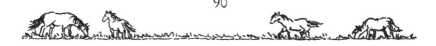

—Y ahora, ¿qué? –preguntó–. ¿Recibiré por fin mi dinero?

—Lo tengo en el coche –respondió el Caimán, levantándose.

Emma respiró, aliviada.

—Y ahora, ¿qué? –repitió Bolonio mientras se dirigían hacia la puerta.

—Mi abogado aguarda en la estación de tren –contestó Gansón–. Lo recogeré y luego visitaremos a Teckel–Dolly. Esta noche, la yegua regresará a mi establo.

—Bueno, pues que le aproveche –dijo Bolonio–. A Dolly eso no le gustará un pelo.

El Caimán se echó a reír.

—No podrá hacer nada. Y lo mejor es que pensará que ella misma ha perdido el contrato.

A continuación, ambos desaparecieron. Emma los oyó descender por la escalera, pero no se atrevió a salir de su escondrijo hasta que abajo, en el patio, se encendieron los motores.

Con un cosquilleo en la nariz y la espalda dolorida salió de debajo del sofá, luego abandonó tan deprisa como pudo la horrible casa y cruzó el patio vacío hasta donde se encontraba Aldo.

Leo la esperaba.

Sentado en la hierba al lado de Aldo, tallaba un trozo de madera con su navaja. Emma corrió hacia él y le dio un beso muy fuerte.

—¡Gracias! –exclamó–. Gracias por haberme salvado del Caimán. Ha sido lo más maravilloso que alguien haya hecho nunca por mí.

Leo, más colorado que un tomate, estuvo a punto de cortarse los dedos.

—Bah, no tiene importancia –murmuró–. Era lógico.

91

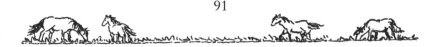

–¿Lógico? ¿Has oído eso, Aldo? –Emma cogió la mano de Leo y lo obligó a incorporarse–. Te has portado como un héroe. ¡Como un auténtico héroe! Yo jamás me habría atrevido a tanto. Ni aunque viviera mil años. Pensé que se me iba a parar el corazón. Si me llega a ver ese tipo, bueno... Emma enmudeció con sólo pensarlo.

–¡De eso se trataba! –Leo, encogiéndose de hombros, se guardó la navaja–. No podía descubrirte, pues no te habría dejado marchar con tanta facilidad.

–¿Sabes una cosa? –Emma lo condujo hacia el caballo–. Tu hermano se pasaría cien años presumiendo de algo así. Y tú te comportas como si te diera vergüenza. Vamos, monta. Hemos de volver antes de que ese tipo se lleve a Mississippi.

Se impulsó a lomos de Aldo agarrándose a las crines. Leo montó sujetándose a ella y se sentó detrás.

–Pero no podrás evitarlo –replicó él–. Dirá que entregó Mississippi a Dolly para que la cuidara una temporada. Recuerda que ya no tienes el contrato de compra.

–Mala suerte, chaval, porque aún lo tengo –replicó Emma.

Cabalgaron en dirección a la carretera.

–¡Arre, caballo! –gritó Emma arreando a su montura–. Date prisa, o tu amiga Missi muy pronto se convertirá en comida para perros.

Aldo aguzó las orejas y aceleró el paso.

–¿Cómo? ¡Ahora si que no entiendo nada! –gimió Leo–. ¿Entonces qué es lo que acaba de quemar el Caimán?

–El contrato de compra –contestó Emma–. Pero tengo una fotocopia.

Cuando Aldo cruzó al trote la puerta de Dolly, vieron el coche de Alberto Gansón aparcado delante, con un remolque para caballos enganchado a él.

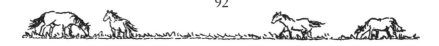

Emma y Leo saltaron de lomos de Aldo.

–¿Eh, qué tal ha ido todo? –les preguntó Max–. No os imagináis el lío que se ha organizado aquí.

–¡Lo sabemos! –replicó Emma entregándole las riendas de Aldo–. Ten, llévalo al prado, ¿vale? Leo, di a Dolly que voy enseguida y que no deje que se lleven a Mississippi. ¿De acuerdo?

Leo asintió. Max los miraba alternativamente, estupefacto.

–¡Vamos, soltadlo de una vez! ¿Qué ha pasado? –preguntó–. ¿Qué habéis descubierto?

Pero Emma corría ya hacia la casa.

Subió como una tromba las escaleras hasta su cuarto, sacó la mochila del armario y extrajo la fotocopia.

Cuando llegó al prado, sin aliento, el Caimán se disponía a sacar de allí a la yegua sujetándola por la cabezada. El animal sacudía la cabeza, resoplaba y miraba inquieta a su alrededor, mientras Dolly, agitando una horquilla de estiércol, hablaba con insistencia a un hombre rechoncho y con gafas.

Max y Leo habían colocado a Aldo de forma que bloqueaba el paso al Caimán.

–¡Alto! –gritó Emma–. ¡Alto, ésa es mi yegua!

Pasó junto a Aldo y corrió hacia Dolly y el hombre bajo. Todos se volvieron hacia ella, sorprendidos. Mississippi relinchó y tiró tan fuerte de la cabezada que Alberto Gansón apenas podía contenerla.

–¡Tengo una fotocopia! –gritó Emma–. Tengo una fotocopia del contrato de venta.

De pronto se hizo el silencio. Sólo los caballos resollaban y pateaban el suelo, nerviosos.

El Caimán la miró como si pretendiera devorarla en el acto.

El hombre bajo se enderezó las gafas con ademán inquieto.

–¿Me permites verla, por favor? –inquirió.

Emma le tendió, vacilante, la valiosa hoja de papel. El hombre leyó el contrato de compra con el ceño fruncido, escudriñó la firma y devolvió la fotocopia a Emma.

–Usted perdone –murmuró. Luego se acercó deprisa a Alberto Gansón y le habló con insistencia.

Éste parecía muy furioso.

–Es el abogado del sobrino de Sotobrante –informó Dolly a Emma en voz baja–. Hace un cuarto de hora se presentaron aquí los dos solicitando examinar el contrato de compra de Mississippi. ¿Y sabes qué?

–Había desaparecido –repuso Emma.

–¡Justo! –su abuela la miró sorprendida–. Y tú, ¿cómo lo sabes? He debido de traspapelarlo. Lo he buscado como una loca, mientras ese asqueroso se dirigía a buscar la cabezada. Por suerte, Mississippi no se ha dejado atrapar con tanta facilidad. Si no, ya se la habrían llevado.

–No lo traspapelaste –la interrumpió Emma.

El abogado y el Caimán seguían discutiendo entre ellos, mientras Mississippi tiraba del cabestro, caracoleaba y miraba a Emma.

–¿Cómo? ¿Qué estás diciendo?

–Que no lo perdiste –contestó la niña–. Gansón encargó a Bolonio que lo robase. Tú cerraste la puerta con llave.

Su abuela la miró.

–¿Puedes demostrarlo? –preguntó en voz baja.

Su nieta negó con la cabeza.

–Sólo si la policía da más crédito a Leo y a mí que a Bolonio y Gansón. Porque nosotros los vimos quemar el contrato.

El abogado regresó a su lado.

94

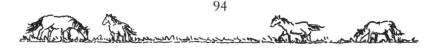

–Disculpe, señora Pasoflorido –dijo–, pero le he dicho a mi cliente que la copia, lógicamente, cambia por completo todo el asunto, y le he recomendado encarecidamente que medite de nuevo su actual proceder.

–¿Y eso qué significa? –preguntó Emma.

–Significa –el hombrecillo se ajustó el nudo de la corbata–, significa que la yegua queda por el momento en su poder y que mi cliente renuncia a reclamarla.

–¡Bien! –exclamó Emma.

Se acercó al Caimán con expresión hosca, le arrancó la cabezada de la mano y devolvió a Mississippi al prado. La yegua empujaba con su hocico el hombro de Emma y mordisqueaba su jersey con ternura. Emma le quitó la cabezada, la abrazó y apretó el rostro contra el cuello del animal.

–¡Por los pelos! –susurró–. ¡Ay, Missi, por los pelos! ¿Me entiendes?

Mississippi se apartó inquieta, sacudió las crines y dirigió una inquisitiva mirada a la niña. Emma bajó la cabeza de la yegua hasta ella y le sopló con ternura en los ollares.

–Ese individuo no te conseguirá jamás –susurró–. Aunque tenga que escaparme contigo a América. ¡Jamás!

Cuando Max vio que Emma devolvía la yegua al prado, condujo también a Aldo al cercado. Leo pasó junto al Caimán lentamente mientras le dedicaba una sonrisa taimada.

–¿Tú? –a Alberto Gansón, de la ira, casi se le salieron los ojos de las órbitas al reconocer a Leo–. ¡Espera y verás, enano embustero! Cuando vuelva a ponerte las manos encima, te...

–¿Qué hará, eh? –preguntó Dolly interponiéndose entre ambos, empuñando todavía la horquilla–. ¿No le basta con presentarse aquí para intentar robar una yegua? ¿Ahora también se dedica a amenazar a niños pequeños? En mi granja, no –dio un silbido y Greñas se levantó jadeando.

–Greñas –Dolly señaló a Alberto Gansón–. Llévatelo. ¡Vamos!

Greñas trotó hacia el Caimán, lo agarró por la manga con una suave presión de sus dientes y lo condujo hacia la calle.

–¡Dígale a este monstruo que me suelte ahora mismo! –gritó Alberto Gansón girándose–. No tiene usted dinero para pagar este traje.

–Ni tengo la menor intención de hacerlo –replicó Dolly.

Alberto Gansón maldijo e insultó a voz en grito, hasta el punto de que Basilisa Quemajosa se asomó a la ventana de su desván. Pero Greñas siguió tirando del hombre sin vacilar.

–Bueno, yo me marcho –dijo el abogado de Gansón con una risita nerviosa–. Disculpe las molestias, señora Pasoflorido.

Emma cerró con cuidado la verja del prado y se situó junto a su abuela. Greñas sacaba en ese momento al Caimán por la puerta. Pero no le soltó la manga hasta verlo en la acera. Justo delante del contenedor de la basura de Dolly.

–¿Desde cuándo Greñas sabe hacer eso? –inquirió Max.

–Eso mismo me pregunto yo –Emma sacudió la cabeza con incredulidad–. Si lo único que ha hecho siempre es ladrar.

–Y lo sigue haciendo –afirmó Dolly–. Pero me di cuenta de que le gustaba llevar objetos de un lado a otro. Por ejemplo, bolsas al cubo de la basura. Basta con decirle «llévatelo», y agarra todo lo que se le indica y se lo lleva. Práctico, ¿no os parece?

–Bueno, pues esta vez se ha llevado una bolsa gigante –comentó Max–. Y ahora, ¿querría contarme alguien lo sucedido en casa de Sotobrante?

–¿En casa de Sotobrante? –Dolly, sorprendida, miró a

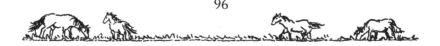

su nieta y luego a Leo–. Ajá. Así que tu pequeña cabalgada por el bosque con Aldo ha sido para ir allí.

–Pues sí –Emma, confundida, trazaba círculos en la arena con la punta del zapato–. Hemos ido a echar un vistazo.

–Vaya, vaya. Conque a echar un vistazo, ¿eh? –Dolly frunció el ceño–. Por eso Gansón echaba espumarajos de rabia al divisar a Leo, ¿me equivoco?

Emma asintió.

–Leo me salvó –miró a Max–. Tu hermano es un héroe. Un verdadero héroe.

Leo no sabía dónde mirar.

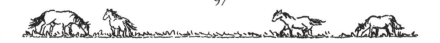

—Bueno, son unas novedades de lo más rocambolescas
—dijo el doctor Zas—. Y muy inquietantes.

Dolly le había telefoneado para relatarle los acontecimientos de la tarde, pero estaba en una cochiquera. Luego
tuvo que atender a tres vacas, a un caballo y a una oveja.
Cuando se hubo sentado al fin con Emma y Dolly ante la
mesa del cuarto de estar, ya había oscurecido.

—¿Cree usted que Gansón volverá? —le preguntó Emma.

El veterinario removía su café con aire meditabundo.
Emma lo había preparado muy cargado.

—En cualquier caso, deberíais guardar a buen recaudo
esa fotocopia —recomendó él—. Si ese individuo ha pagado a
alguien para cometer un robo, es que Mississippi debe de
ser muy importante para él.

—Pero ¿por qué? —Dolly cubrió con un paño la jaula del
periquito y se sentó en el sofá al lado de Greñas—. ¿Por qué
arriesga de pronto el cuello por una yegua que hace apenas
unos días pensaba llevar al matadero?

—Debe de estar relacionado con la herencia —apuntó el
veterinario—. Aunque ese tipo pretenda persuadirnos de
que le remuerde la conciencia por su difunto tío, su heren-

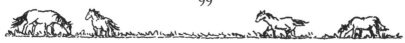

cia peligra. Y tenemos que averiguar rápidamente por qué. Dolly –apartó el café–, tráeme el teléfono, por favor.

Dolly se levantó y colocó el aparato sobre la mesa, delante de Zas. El veterinario sacó una libretita de la chaqueta, la hojeó unos momentos y después descolgó el auricular.

–¡Cruzad los dedos por mí! –susurró.

Emma dirigió una mirada inquisitiva a su abuela, pero ésta se limitó a encogerse de hombros.

–¿Hola? –dijo el doctor Zas–. ¿Señora Buchete? Buenas noches, le habla Zas. Siento tener que molestarla a estas horas, pero ¿podría usted pasar mañana por mi consulta con Barnabas? Es que se ha desatado una gripe canina bastante seria en la zona y he pensado que... no, no hay peligro de muerte, pero... sí, sí, existe una vacuna, por eso... Claro, claro, lo dejaremos resuelto mañana temprano. Estupendo. ¿A eso de las once? Sin problemas. Faltaría más, señora Buchete. De acuerdo, hasta mañana entonces. Buenas noches.

El veterinario colgó con un suspiro.

–¡Zas! –exclamó Dolly–. ¡Qué desvergonzado embustero estás hecho! Gripe canina. Y no se te ha puesto colorada ni la punta de la nariz. Habrá que tener cuidado contigo.

Emma los miraba sin comprender.

–¿A qué viene eso? –preguntó–. ¿Quién es la señora Buchete?

–Dora Buchete... –Dolly se sirvió otro café–, Dora Buchete, tesoro, fue durante quince años el ama de llaves de don Juan Sotobrante. Desde su muerte, por lo que sé, está jubilada y pasa el tiempo cebando a su perro con bombones y esparciendo rumores sobre el testamento de Sotobrante.

El doctor Zas asintió.

–Exacto. Y tenemos que llegar hasta el fondo de esas habladurías. Sólo así averiguaremos por qué de repente le remuerde la conciencia al sobrino de Sotobrante.

–Ah, claro, ¿entonces no hay gripe canina, verdad? –Emma contempló al veterinario con admiración–. Lo ha contado usted de tal modo que hasta yo habría picado. Seguro.

–¿De veras? –el doctor sonrió, halagado.

–¡Anda, míralo! –exclamó Dolly–. Ahora encima presumirá de ser un buen mentiroso.

–Sólo por una buena causa –replicó Zas, mirando a Emma–. Por cierto, ¿sigues queriendo ser veterinaria de mayor?

–¡Pues claro! –contestó la niña–. ¿Por qué me lo pregunta?

–Porque mañana me ayudarás. La consulta comienza a las nueve, así que deberías estar allí un cuarto de hora antes para que mi verdadera auxiliar te explique unas cuantas cosas antes de comenzar. ¿Conforme?

Emma se había quedado muda.

–¿Eso significa «sí»? –preguntó el veterinario.

–Yo... –Emma tragó saliva–. Creo que no seré capaz.

–Claro que lo serás –repuso Zas acercándole su taza–. Quien puede preparar un café tan rico, es sencillamente capaz de todo. ¿Me sirves otro, por favor?

El doctor Zas vivía y trabajaba en una casona antigua que se alzaba solitaria junto a la carretera, entre el bosque y las praderas. La gente de cuatro pueblos acudía a él con sus animales. O el doctor viajaba hasta las granjas, cuando las vacas, cerdos y caballos enfermaban.

Cuando Dolly dejó a su nieta a las nueve menos cuarto en casa del veterinario, ya había cuatro personas en la sala de espera: dos mujeres con sus respectivos gatos, un hombre con un bóxer y otro con una cabrita en el regazo, que dedicaron una mirada de desconfianza a Emma mientras cruzaba la sala hacia la consulta del veterinario.

–Ajá, aquí tenemos a mi nueva auxiliar –la recibió Zas–. Ponte la bata, por favor. Luisa, mi ayudante, vendrá enseguida a enseñártelo todo. Le he dicho que hoy prepararás tú el café. El que hace ella –el doctor bajó la voz– es un aguachirle infecto.

Emma sonrió.

–De acuerdo –contestó la niña. Luego, con el corazón encogido, se puso la bata demasiado grande, se remangó y esperó.

Luisa llevaba el pelo teñido de rojo, grandes pendientes

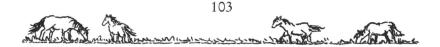

y parecía muy simpática. Enseñó a Emma la ubicación de los anestésicos y desinfectantes, dónde encontrar las galletas para tranquilizar a los pacientes, qué tijeras se usaban para cortar los vendajes, las diferentes clases de gotas para el oído de los animales... y dónde estaba la cafetera. Después saludó de nuevo a Emma y le dejó el campo libre.

–¿Preparada? –preguntó el doctor Zas–. Entonces llama al primer paciente.

Emma se ajustó la bata y abrió la puerta.

–Que pase el primero, por favor –anunció en la sala de espera.

El hombre de la cabra se incorporó.

En las dos horas siguientes Emma pronunció la frase: «El siguiente, por favor», quince veces justas. Ayudó al doctor Zas a vendar patas de perro, rascó cabezas de gatos con ademán tranquilizador, abrió jaulas de pájaros y de conejos y sacó vendas. Luisa sólo tuvo que echarle una mano en dos ocasiones.

Poco antes de las once, el doctor Zas condujo a Emma a una pequeña estancia situada junto a la consulta que albergaba la cafetera y la máquina de escribir.

–La señora Buchete espera fuera –le informó en voz baja–. He advertido a Luisa que no la necesitaremos con esta paciente y que se tome un pequeño descanso. Ella descubriría en el acto nuestra pequeña mentira sobre la vacuna de la gripe canina. Hasta ahora has ayudado tan bien, que seguro que conseguirás apañártelas sola. Pero ten cuidado y no te vayas de la lengua, ¿vale? Bueno, recuerda: hemos tenido ya quince casos de gripe canina, pero el perro adorado de la señora Buchete sólo tendrá que comerse una galleta con unas gotas pardas para quedar inmunizado. ¿Está claro?

Emma asintió.

Zas sacó un frasquito con un líquido pardusco del bolsillo de su bata y se lo entregó a la niña.

–Son unas gotas de vitaminas inofensivas. Verterás cuatro sobre una de las galletas que damos siempre a los perros para calmarlos. Dale un poco de emoción al asunto. Mientras tanto, yo intentaré iniciar la conversación. Cuando el perro de la señora Buchete se haya comido la galleta, lo examinaré con mucha prosopopeya y procuraré seguir sondeándola. Si se te ocurre alguna pregunta inteligente, hazla. Por lo demás, recuerda todo cuanto ella diga. ¿Está claro?

Emma asintió.

Volvieron a entrar juntos en la consulta.

–¡Adelante! –le susurró el hombre–. Buena suerte para ambos.

Emma abrió la puerta de la sala de espera.

–El siguiente, por favor –llamó.

Una mujer robusta entrada en años se levantó de un salto y pasó apresuradamente junto a Emma, adentrándose en la consulta. En el brazo sostenía a un perro tan largo como ancho.

–¡Deprisa, doctor! –exclamó–. Vacúnelo. Quién sabe si no lo habrá contagiado ya uno de los gatos de ahí fuera –depositó al perro sobre la camilla y le tocó el hocico, preocupada. Parecía como si alguien se lo hubiera aplastado.

–¡Está caliente! –sentenció la señora Buchete–. ¿Lo ve? Caliente. Sin embargo, esta mañana lo tenía muy frío y húmedo.

–Calma, calma, señora Buchete –el doctor Zas la apartó con suavidad–. Tranquilícese. En esta gripe el contagio no transcurre tan deprisa. Mi auxiliar preparará enseguida la galleta para Barnabas, y en cuanto se la coma ya no podrá pasarle nada.

–¿Auxiliar? –la señora Buchete contempló con desconfianza cómo Emma vertía las gotas pardas sobre la galleta–. Pero si es una niña. ¿Dónde está Luisa?

–Oh, ahí al lado –respondió el doctor Zas–. Pero no se preocupe, Emma lo hace a las mil maravillas. Hoy ya hemos... –el veterinario levantó la cabeza–. Emma, ¿a cuántos perros hemos vacunado hoy contra la gripe?

–A once –contestó la niña.

Colocó la galleta sobre un platito y la llevó hasta la camilla. El perro de la señora Buchete la olfateó con sumo interés y luego se la zampó de un bocado.

–¡Oh, qué perro tan inteligente! –exclamó Emma–. Salta a la vista. ¿Cómo se llama?

–Barnabas –la señora Buchete se sorbió los mocos–. No hay otro más inteligente que él –sacó un pañuelo del bolso y se sonó la nariz–. Ay, tengo un resfriado terrible. ¿Cree usted, doctor, que me vendría bien una de esas galletas? No consigo librarme de estos mocos.

–¿Dónde se ha resfriado? –preguntó el doctor, devolviendo a Emma el platito vacío.

La señora Buchete suspiró.

–Ay, en un entierro. La verdad es que debería estar prohibido celebrarlos cuando llueve.

Estornudó.

–¿Entierro? –preguntó el veterinario–. ¿Se refiere al de don Juan Sotobrante?

–¡Oh, no! –la señora Buchete palmeó el rollizo lomo de Barnabas–. Entonces hizo un tiempo espléndido. Y es que Sotobrante siempre supo comportarse como es debido. No, fue durante el entierro de un perro. Murió el teckel de mi mejor amiga.

–Ah, ya –el doctor Zas miró a Emma decepcionado y se puso en los oídos su fonendoscopio–. Ya que está usted

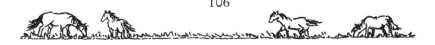

aquí, señora Buchete, le haré una revisión a fondo a Barnabas. ¿Le parece bien?

–Claro –la señora Buchete miró a Emma de la cabeza a los pies–. No lo hace nada mal, la pequeña. ¿Qué quieres ser de mayor? ¿Veterinaria?

–Justo –contestó Emma–. ¿Y usted a qué se dedica? ¿Cuál es su profesión?

–¿La mía? –la mujer se echó a reír–. Yo sólo llegué a ama de llaves.

–Emma, la señora Buchete trabajaba en casa del viejo Sotobrante –precisó el veterinario.

–¡Ah, ya! –exclamó Emma–. El de la yegua. ¿Conoce a su sobrino?

–Por supuesto –la señora Buchete sacó otro pañuelo de su bolso–. Un hombre muy amable. Muy atildado y, ¿cómo diría yo?... enérgico. Sí, ésa es la palabra adecuada. Cuando Sotobrante falleció, vino a verme y me trajo flores. También me preguntó si quería seguir trabajando con él cuando heredase la granja. Pero me negué. Bastante he trabajado ya toda la vida. Ahora sólo deseo ocuparme de Barnabas.

Emma y el doctor cruzaron una rápida mirada.

–¿De veras? –el doctor Zas examinaba los dientes de Barnabas. Cuando el perro comenzó a gruñir, le cerró el morro a toda prisa–. Tal vez cambie de opinión. Si hereda una propiedad tan grande, ese Gansón necesitará ayuda.

La señora Buchete sonrió. Como si supiera algo más que el resto de los mortales.

–Exactamente, si la hereda –afirmó–. Creo que se llevará una pequeña sorpresa.

Se limpió la nariz.

–¿Qué quiere decir? –preguntó el veterinario.

La señora Buchete negó con la cabeza.

–No, no, de veras, no puedo revelar nada más.

107

–Pues al Caimán sí que se lo contó –se le escapó a Emma. Fue sin querer. La niña apretó los labios, sobresaltada, pero, como es natural, ya era demasiado tarde.

El doctor Gansón suspiró... y examinó los oídos de Barnabas.

La señora Buchete miró a Emma, estupefacta.

–¿Quién es el Caimán? –preguntó.

–Alberto Gansón –murmuró la niña sin mirarla–. El sobrino de Sotobrante.

La señora Buchete se puso colorada y se sonó los mocos en el pañuelo. El veterinario dio a Barnabas un par de galletas y miró a su propietaria.

–¿De verdad le contó algo? –preguntó.

La señora Buchete seguía sonándose los mocos.

–Dora –insistió el hombre–. ¿Le contó usted al sobrino de Sotobrante algo referente al testamento de su tío?

–Bueno, sí –la mujer se dio unos toquecitos con el pañuelo en su nariz enrojecida–. Claro que lo hice. La tercera vez que apareció ante mi puerta, de nuevo con uno de esos preciosos ramos de flores, ya sabe, de los que van envueltos en celofán, y me preguntó si quería trabajar para él, se lo dije. Para que no se gastara en vano todo ese dinero y me dejara en paz de una vez.

–¿Qué le dijo? –preguntó Zas.

Emma contuvo la respiración.

–Que había cometido un tremendo error –murmuró la mujer.

–¿Cuál?

La señora Buchete enderezó el collar rojo de Barnabas.

–Vender la yegua de Sotobrante a Dolores Pasoflorido. Ya sabe, esa mujer que tiene tantos perros. La verdad, yo nunca le haría algo así a Barnabas. Estoy dedicada a él en cuerpo y alma.

–Continúe –el doctor Zas se iba impacientando–. Por todos los santos, ¿qué tiene de grave que el sobrino de Sotobrante haya vendido su yegua?

La señora Buchete lo miró irritada.

–No sé por qué tendría que contárselo, doctor.

El veterinario, suspirando, levantó de la camilla al gordo Barnabas y lo depositó en el suelo.

–Dora, ¿me permite presentarle a la nieta de Dolly Pasoflorido? Se llama Emma. Es la nueva propietaria de la yegua de Sotobrante y desde hace unos días Alberto Gansón está haciendo todo lo posible por arrebatársela. Por favor, díganos el motivo.

La señora Buchete frunció el ceño.

–¡Ay, Dios mío! –gimió–. No se me pasó por la cabeza esa posibilidad.

Cogió otro pañuelo y volvió a sonarse la nariz. Luego miró a Emma.

–Perderá su herencia –informó–. Si no posee la yegua, se irá de vacío.

–¡Oh, no! –murmuró el doctor Zas. Se frotó la frente y pasó el brazo por los hombros de Emma–. Es peor de lo que temía.

Barnabas olfateaba interesado el pie de la niña, y se lo lamió.

–¿Está usted segura, Dora? –insistió Zas–. ¿Completamente segura?

–Así lo recoge el testamento de Sotobrante –la señora Buchete bajó la voz y acechó en torno suyo, como si temiera que el fantasma del viejo Sotobrante pudiera estar en uno de los armarios de medicamentos–. Lo encontré, mientras limpiaba el polvo, encima del escritorio y le eché una ojeada. No hay mucha gente capaz de entender sus garabatos, pero yo, sí. Al fin y al cabo, tuve que descifrar mu-

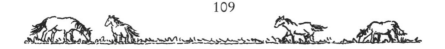

chas veces sus notas para la compra. «Por la presente, yo, Juan Sotobrante», decía el documento, «en plena posesión de mis facultades mentales, dispongo que mi sobrino Alberto Gansón herede todas mis propiedades en Abendrade, compuestas por las tierras, los establos y una vivienda junto con el mobiliario, así como mi yegua Mississippi, pero con una condición: jamás debe venderla y la cuidará lo mejor posible hasta la muerte, ojalá muy lejana, del animal. Si se desprende de la yegua, la granja y todas las tierras irán a parar a la Sociedad Protectora de Animales». Eso es lo que ponía. Al pie de la letra –la señora Buchete rió–. Tengo una memoria estupenda, ¿sabe?

–¡Cielo santo! –gimió el doctor Zas–. No me extraña que ese hombre no vacilase en cometer un robo. Pero ¿y el dinero de Sotobrante?

La señora Buchete cogió en brazos a Barnabas y besó su oronda cabezota.

–Su sobrino también me lo preguntó, pero la verdad es que de eso no sé una palabra. El viejo Sotobrante lo sacó del banco poco antes de morir y desde entonces ha desaparecido –estornudó de nuevo–. Pobre señor Gansón. Tenía unos planes magníficos para la vieja granja. Quería construir chalés adosados, y una granja peletera, ya sabe, de esos animales que uno se coloca luego alrededor del cuello. Es muy comprensible que se desesperase cuando todo se fue al garete, ¿no creen? Y todo por esa estúpida y vieja yegua –tras sorber de nuevo, miró al veterinario–. Ay, doctor, se lo ruego, deme a mí otra de esas galletas con las gotas pardas. A lo mejor me sienta bien.

El veterinario, sin embargo, la condujo con suavidad hasta la puerta.

–Seguro que no –le dijo–. En las personas provoca prurito. Buenos días, señora Buchete.

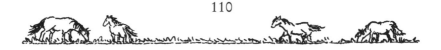

Transcurrió una semana sin novedades dignas de mención. El Caimán desapareció en la ciudad. Bolonio se dio de baja por enfermedad. La copia del contrato de compra de Mississippi estaba en el armario de los venenos del doctor Zas, y Emma y los perros dormían todas las noches en el establo. Dolly mostró escaso entusiasmo, pero tampoco lo prohibió. Y todas las mañanas, antes de montarse en su bicicleta, llevaba a su nieta una taza de cacao caliente a las caballerizas.

Luego, ocho días después de la confesión de la señora Buchete, llegó una carta para Dolly. Del Juzgado de Instrucción.

Emma cepillaba a Mississippi y a Aldo para quitarles bardanas de las crines y de la cola.

—Escucha —dijo Dolly, apoyándose en la valla del prado—. Me invitan a la lectura del testamento de Juan Sotobrante. ¿Qué te parece?

Emma, sorprendida, apartó el cepillo. Mississippi giró el cuello y mordisqueó su jersey.

—¿Significa que vas a heredar algo de él?

Su abuela se encogió de hombros.

–Seguramente. Juan me comentó en cierta ocasión que si yo le sobrevivía, me legaría sus libros. Entonces se me antojó una broma –volvió a doblar la carta con expresión meditabunda y la introdujo de nuevo en el sobre.

–Abuela –Emma retiró unas pajitas de las crines de Mississippi–, ¿por qué no quisiste ir a América?

Su abuela sonrió.

–Ay, me hubiera encantado. Pero no con Sotobrante, ¿sabes? Dejemos ese tema. Tú, ocúpate de los caballos y yo echaré un vistazo a los perros. Greñas estará royendo mis alfombras y no he visto a Tom y Jerry desde el desayuno. Seguramente estarán escarbando entre los setos de Basilisa –a paso lento, regresó a casa–. Ah, por cierto –dijo girando la cabeza–, el testamento se abrirá dentro de cuatro días. Después, ya no tendremos que preocuparnos más por las maquinaciones del tal Gansón y tú podrás volver a dormir en tu cama.

–¡Bah, eso me trae sin cuidado! –exclamó Emma–. Me encanta dormir en el establo. A pesar de las ratas.

Durante el resto de la mañana, Dolly y su nieta se dedicaron a sacar el estiércol de los establos, fregar las perchas del gallinero y los recipientes del agua, quitar quince bardanas de la piel de Greñas, curar a dos gatos que se habían arañado entre sí, y recoger a cuatro gallinas que se habían metido en el bancal de coles de Basilisa Quemajosa.

Por la tarde, Emma dio un largo paseo por el bosque con Mississippi, y después merendó con Leo y Max en el césped delantero de la casa. Greñas se tumbó a su lado, ojo avizor para no desperdiciar ni una migaja. La gatita blanca se subió al regazo de Emma para recibir unas cuantas caricias. Tom y Jerry, sin embargo, no se presentaron. A la hora de la cena, los dos seguían desaparecidos y Dolly, preo-

cupada, recorrió con su coche un tramo de la carretera, pero regresó sola.

A las nueve de la noche, Emma salió de nuevo a la puerta del jardín para llamar a Tom y Jerry y encontró la carta en el buzón.

El sobre carecía de sello y de remite y la dirección de Dolly estaba escrita a máquina.

«Qué raro», pensó Emma mientras llevaba la carta a casa. Su abuela leía sentada en el sofá del cuarto de estar.

–Ha llegado una carta para ti –le informó Emma–. Sin remite.

Dolly, sorprendida, alzó la cabeza.

–¿Una carta? ¿A estas horas? –rasgó el sobre, que contenía una hoja mecanografiada doblada con pulcritud.

Tras desdoblarla, la leyó. Después, sin decir palabra, se la entregó a su nieta.

Las nítidas letras de máquina decían:

Si está usted interesada en volver a ver a sus perros, acuda pasado mañana, sola, a la granja de Sotobrante. Traiga consigo lo siguiente: esta carta, el contrato de compra de Mississippi y la yegua. Además contará usted a todo el mundo que el animal le resultaba demasiado gravoso de mantener y por eso lo ha devuelto a la granja de Sotobrante. Si cumple estas condiciones, tres días después de la lectura del testamento de Sotobrante recuperará a sus perros sanos y salvos.

Un amigo de los perros

–¡Chantaje! –musitó Emma–. Es una auténtica carta de chantaje –añadió mirando a su abuela, incrédula–. ¿Qué vamos a hacer?

Dolly se encogió de hombros.

–No tengo ni idea, a pesar de que lo he presenciado mi-

les de veces por televisión. Sin embargo, nunca se me ocurrió pensar que yo misma pudiese recibir una nota tan asquerosa. Al fin y al cabo, casi siempre piden dinero y yo no ando muy sobrada.

–Pero ahora se trata de Mississippi –precisó Emma.

Su abuela asintió.

–Y de Tom y Jerry. Maldita sea, esos perros deberían tener más cuidado. Seguro que bastó una salchicha para atraerlos hasta el coche. ¡Qué va, estoy segura de que incluso subieron voluntariamente! Los creo capaces de ello.

De repente, a Emma le temblaron las piernas y se sentó en el sofá al lado de su abuela.

–Tal vez deberíamos llamar a la policía –sugirió en voz baja.

Dolly negó con la cabeza.

–Oh, nena, de ninguna manera. Tú no conoces a nuestro policía, pero yo sí. Ha visto demasiadas películas policíacas norteamericanas y los perros le dan pánico. No, no, esto tendremos que resolverlo solitas. Y ojalá supiera cómo.

Emma no recordaba haber visto nunca a su abuela tan abatida. Tras coger la carta de la mesa, la releyó.

–Podríamos ir a casa de Sotobrante a buscarlos –propuso la niña–. Leo me enseñó la entrada trasera. Greñas podría acompañarnos. Seguro que él los encontraría.

Su abuela negó con la cabeza.

–Olvídalo, tesoro –contestó–. Ese tipo no es tonto. Seguro que no ha raptado personalmente a los perros y te garantizo que no los oculta en casa de su tío.

Emma se quedó cabizbaja.

Su abuela se levantó suspirando.

–Telefonearé a Zas. A lo mejor se le ocurre algo.

–Sé lo que sucederá –replicó Emma–. ¡Tendré que entregar a Mississippi! La pobre tendrá que regresar con ese

114

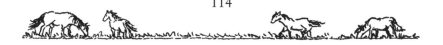

individuo detestable que no la acariciará, ni hablará con ella, ni la dejará salir al prado. La encerrará en el establo hasta que se muera de soledad. Eso es lo que ocurrirá.

–¡De ninguna manera! –exclamó Dolly, descolgando el teléfono–. Te doy mi palabra de honor, aunque tenga que sacar con mis propias manos a Mississippi de las cuadras de Sotobrante. Voy a llamar a Zas ahora mismo. Y tú irás al establo a rascarle el morro a Mississippi. Eso te sentará mejor que permanecer aquí sentada, sumida en tus sombrías cavilaciones.

La cuadra estaba silenciosa. No se oía ni un crujido entre la paja y la luz de la luna tejía hilos plateados en la oscuridad. Emma, sin embargo, no conseguía conciliar el sueño y daba vueltas sin parar, inquieta. Mississippi dormía en su box y resoplaba suavemente en sueños.

«Pobre Missi», se dijo Emma, «no sabe nada de la carta». A su lado, Greñas chasqueaba la lengua mientras dormía. La niña apretó su rostro contra la piel del perro, pero no pudo evitar el llanto. ¿Qué podía hacer?

Por más que se rompía la cabeza, no se le ocurría nada. Lo que se dice nada. Ni siquiera podía escaparse con Missi. No quería imaginar lo que les pasaría entonces a Tom y Jerry. ¿Habría también matarifes de perros? Apoyó la cabeza en el lomo de Greñas.

El perrazo soltaba ladriditos ahogados mientras sus patas se contraían, nerviosas.

¿Soñaría con conejos? ¿Con cazar? ¿Con qué sueñan los caballos?

Emma se incorporó y contempló la luna por una de las ventanas del establo.

«Ahí me gustaría estar», pensó. «Lejos, muy lejos de toda esta basura...»

Mississippi resopló.

Emma apartó la manta y caminó descalza hasta el box. La paja le cosquilleaba los dedos de los pies. Apoyada en la pared del box, se limitó a mirar a la yegua.

Antes, a Emma no le cabía en la cabeza que los caballos durmiesen de pie, hasta que una noche visitó a Aldo en su cuadra. El doctor Zas intentó explicárselo.

–Bueno, los caballos son unos animales cuya única posibilidad en caso de peligro es la huida –le dijo–. Si se tumbaran para dormir y se les acercase sigilosamente una fiera, les costaría demasiado tiempo levantarse de un salto. El cuerpo precisaría unos instantes para encontrar el equilibrio, la circulación de la sangre se activaría demasiado despacio y el animal perdería un tiempo precioso. Por eso, tumbarse es una postura peligrosa para los caballos.

Emma apoyó la cabeza en la madera áspera.

–Ya ves, Missi –murmuró–. Frente al Caimán de nada sirve salir corriendo.

De todos modos, salir corriendo era inútil con todas esas vallas y carreteras. Si un caballo no daba con buenas personas, mala suerte. Se pasaría la vida en una cuadra hedionda, de la que a lo sumo lo sacarían para cabalgar. Tendría que hacer todo lo que se antojara a su amo. Sólo existiría para satisfacer sus caprichos.

Emma abandonó sobresaltada sus tristes pensamientos cuando Greñas se levantó de un salto y corrió hacia la puerta del establo moviendo el rabo. Dolly asomó la cabeza.

–¿Qué, tampoco podéis dormir vosotros dos?

Traspasó el umbral con dos jarras humeantes. Vestía su gruesa bata de casa y calzaba botas de goma.

–Esta noche Greñas ha dormido como un tronco –le in-

118

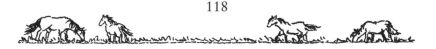

formó Emma–. A veces me gustaría ser un perro. Ellos no se enteran de nada.

–Quién sabe –comentó Dolly, y tras sentarse sobre la manta de Emma, palmeó el sitio que tenía al lado–. Ven, siéntate aquí conmigo. He preparado leche con miel. No ahuyenta las ideas sombrías, pero produce somnolencia. O al menos eso dicen.

La niña se sentó junto a su abuela y apoyó la cabeza en su hombro.

–¿Qué vamos a hacer? –preguntó.

Su abuela se encogió de hombros.

–No lo sé. He estado un buen rato sentada en el cuarto de estar, dándole vueltas a la cabeza. Pero no se me ocurre nada. Temo que sólo podremos hacer algo cuando hayamos recuperado a los perros –acarició los cabellos de su nieta–. ¿Sabes?, lo único bueno del ridículo testamento de Sotobrante es que su sobrino no podrá llevar a Mississippi al matadero. Ése era el propósito de Sotobrante. Pero creo que bien se le podría haber ocurrido una solución más inteligente.

Emma se enderezó suspirando y se tomó la leche caliente.

–Zas tampoco sabe qué hacer, ¿verdad?

Dolly meneó la cabeza.

–Me temo que el pobre hombre estará acostado en su cama sin poder dormir, igual que nosotras. Debí esperar hasta mañana temprano para llamarlo.

Emma bostezó. Greñas se tumbó a su lado y le lamió los pies desnudos.

–¡Uy, Greñas! –Emma, riendo, escondió los pies debajo del camisón–. Estate quieto, me haces unas cosquillas terribles.

–Oh, eso no ha sido nada –repuso su abuela, levantándose–. A mí me mordisquea a veces los dedos de los pies. Con sumo cuidado, pero resulta enloquecedor.

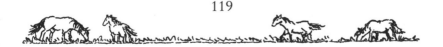

–Creo que nos entiende –advirtió Emma–. Fíjate.

El perrazo miraba a la niña como si se sintiera mortalmente ofendido.

–¡Qué va! Siempre mira así –constató su abuela–. Quiere algo de comer, como siempre. En fin, me voy a la cama. Si no, mañana temprano me caeré de la bici. ¿Crees que lograrás dormir un poco?

–Lo intentaré –Emma, tras meterse bajo la manta, se la subió hasta la barbilla–. Hasta mañana.

–Hasta mañana –contestó Dolly.

Cuando su abuela cerró sin hacer ruido la puerta del establo, Emma ya estaba dormida.

Al día siguiente llegó otra carta.

Emma la encontró en el buzón, junto con otra de sus padres, cuando fue a comprobar el correo después de desayunar. Al principio no le llamó la atención. Las señas de Dolly estaban escritas a mano. Garrapateadas, pero legibles. «Seguro que es de Alma», pensó. Aunque veía a Dolly con asiduidad, Alma era una entusiasta escritora de cartas. Luego, Emma observó que el sobre carecía de remite. Y de sello.

Corrió a casa, muy alterada.

Su abuela leía el periódico sentada ante la mesa.

–Toma –dijo Emma, arrojando el sobre encima del plato–. Ha llegado otra de esas extrañas cartas. Sin remite ni sello.

Dolly apartó el periódico y abrió el sobre con el cuchillo de postre.

–¡Demonios, esto empeora cada vez más! –murmuró–. Creo que alguien ha visto demasiadas películas policíacas. Observa –entregó a Emma la carta.

No estaba escrita a mano ni a máquina. El texto se componía de recortes de periódico pegados. Parecía una carta de chantaje de cualquier absurda película televisiva.

Esta noche, a la una, acuda a la cabaña de pescadores situada junto a la charca del bosque. Vaya sola y recuperará algo que le pertenece.

Emma miró a Dolly.

—¿Qué significa esto?

Su abuela suspiró.

—Lo ignoro. Sólo sé que ahora voy a llamar a Enriqueta y Alma para cancelar nuestra cita. La verdad es que hoy no estoy de humor para jugar a las cartas.

Dolly se disponía a telefonear, cuando la puerta de la cocina se abrió.

—¡Ah, estáis aquí! —el doctor Zas agachó la cabeza y entró—. Habría venido antes, pero esta mañana he tenido que visitar a tres vacas y a un cerdo. Además —estornudó y sacó un pañuelo enorme del bolsillo de la chaqueta—, además la señora Buchete me ha contagiado. Mi nariz chorrea como un grifo abierto.

—Llegas en el momento oportuno —dijo Dolly—. Emma, enséñale la carta que acabamos de recibir.

El veterinario cogió la hoja de papel con la punta de los dedos.

—¡Efectivamente! —murmuró—. Una genuina carta de chantaje. Yo sólo había visto estas cosas por televisión. ¿Habéis tenido cuidado con las huellas dactilares?

—Desde luego que no —replicó Dolly—. Y deja de jugar a detectives, Zas. Será mejor que leas el texto con detenimiento. No parece en modo alguno una carta de chantaje, sino más bien que alguien se ha rajado. No, la carta de chantaje era muy distinta. Hazme el favor de traerla, Emma. Sigue sobre la mesa del cuarto de estar.

Cuando la niña se levantó, Greñas trotó esperanzado en pos suyo.

–Olvídalo, gordinflón –advirtió Emma–. No se trata de comida, sino de tus amigos. ¿O no te has dado cuenta de su ausencia?

–¡Qué asco! –exclamó Zas tras haber leído la primera misiva–. Es realmente malvada. Emma, ¿no tendrás un café para mí? Te lo pido porque lo has preparado tú.

Emma le trajo una jarra, sonriendo.

Zas contempló ambas cartas y estornudó en su pañuelo.

–¿No queréis dar parte a la policía?

Dolly negó con la cabeza.

–¿Lo harías tú?

–No –Zas suspiró–. Y menos después de esta segunda carta. Pero no debéis acudir allí solas esta noche.

–No seas ridículo, Zas –Dolly arrojó a Greñas el resto de su panecillo–. Pues claro que iré sola. A Emma pensaba dejarla contigo.

–¿Cómo? –su nieta se levantó de la silla de un salto–. Ni hablar del peluquín. Al fin y al cabo, se trata de mi yegua. Te acompañaré.

Pero Zas se opuso.

–No me parece una buena idea, Emma –dijo frotando su enrojecida nariz–. Podría resultar peligroso.

–Además, alguien tendrá que vigilar a Mississippi –agregó su abuela–. Se acabó la discusión. Te quedarás aquí. Zas, ¿puedes pasar la noche en mi casa? No me gustaría que Emma se quedase sola.

–Sin problemas –respondió el veterinario–. Salvo que me pidas que duerma en el sofá. Porque ahí sólo cabe la mitad de mi cuerpo.

–Puedes utilizar mi cama –repuso Dolly–. Es enorme. Yo me acostaré en la habitación de invitados a mi regreso. Porque Emma duerme en el establo.

–De acuerdo –accedió Zas.

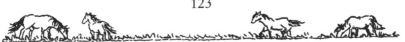

Emma calló. Estaba furiosa. Hecha un basilisco.

–No pongas esa cara. No puedo llevarte conmigo –adujo su abuela–. Si tus padres se enteran de lo que pasa, seguro que te mandarían regresar a casa ipso facto.

–Ya, ya –gruñó Emma, corriendo hacia atrás la silla muy enfadada–. Voy a ver un rato a Mississippi. Ella al menos no me da órdenes.

Emma estuvo de morros el resto del día. Caminó por el bosque con la yegua hasta que le dolieron los pies. Después sacó el estiércol de los establos, limpió los arreos, cambió el agua del abrevadero y se sentó con la gata blanca al sol, delante de la valla del prado. Ni una sola vez se dejó ver por casa. Sólo a la hora de comer entró un momento para comerse dos de las patatas, demasiado saladas, preparadas por su abuela. Ésta la contempló, preocupada.

–¿Estás de morros por la comida? –inquirió–. ¿O sigues enfadada?

–Las dos cosas –contestó Emma.

–Pero, tesoro –su abuela se inclinó por encima de la mesa y le dio un pellizco en la mejilla–, intenta comprenderme, ¿vale? No puedes acompañarme en plena noche a semejante encuentro.

–¡Bobadas! –replicó la niña, apartando su plato y saliendo de casa.

A su llegada, Leo y Max comprendieron en el acto que algo sucedía.

–Caramba, ¿estás enferma? –preguntó Max, burlón–. ¿O es que te ha pisado Mississippi?

–¡Déjate de tonterías! –gruñó la niña, sentándose con ellos bajo el nogal–. No tenéis ni idea de lo que ocurre.

–Bueno, pues cuéntanoslo –le espetó Leo.

Emma miró a su alrededor. De Basilisa Quemajosa no se veía ni rastro y en el taller de enfrente rugía un motor.

–¿Me guardaréis el secreto?

–Seremos mudos como tumbas –aseguró Max.

Emma bajó la voz.

–Nos están haciendo chantaje.

Los chicos la miraron con incredulidad.

–Aguardad un momento –Emma corrió a la casa y regresó con las cartas.

–¿Que han robado los perros de Dolly? –exclamó Max tras leer la primera.

Leo le tapó la boca con la mano.

–¿Eres tonto o qué? –le siseó–. Sabes de sobra las orejas que tiene la Quemajosa.

Miró a Emma, preocupado.

–La primera carta es maligna –reconoció–, pero ¿qué pasa con la segunda?

Emma se encogió de hombros.

–Por eso estoy tan furiosa. Porque me apetecía acudir a la cita de esta noche, y mi abuela dice que es demasiado peligroso. ¡Pero se trata de mi yegua!

–Podría ser una trampa –susurró Max.

–No lo creo –replicó Leo–. El Caimán quiere la yegua. No pretenderá encima capturar a Dolly.

Emma se reclinó hacia atrás.

–Por cierto, ¿sabéis si Bolonio ha vuelto al trabajo? –inquirió–. A lo mejor él sabe algo.

Max meneó la cabeza.

–Leo y yo preguntamos por él ayer mismo. Pero desde su encuentro con el Caimán, ha desaparecido. Ni siquiera Alerón conoce su paradero.

De pronto, Leo se levantó y fue hacia el viejo combi de Dolly. Atisbó por la ventanilla, abrió la puerta del maletero y la cerró de nuevo.

–¿Pero qué hace ése? –Max soltó una risita–. La verdad es

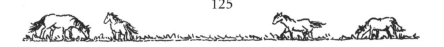

que en ocasiones se comporta de un modo un poco raro, ¿no crees? ¡Eh, Leo! –gritó–. ¿Es que no has visto nunca un coche?

Leo ni se dignó volverse.

Emma frunció el ceño. Y de repente, sonrió.

Lanzó una rápida ojeada a la casa, pero de Dolly no se veía ni rastro. A esas horas solía estar en el cuarto de estar, tomando el té y oyendo la radio. Tanto mejor.

Emma dejó plantado a Max y corrió hacia Leo.

–¿Es posible? –le preguntó.

Leo asintió.

–Sin problemas –repuso–. Con el caos de ahí dentro, ella no se dará cuenta de nada.

–Piensa llevarse a Greñas –explicó Emma–, pero él siempre se tumba en el asiento trasero.

–¿Qué andáis cuchicheando? –preguntó Max, acercándose con desconfianza.

–Es un secreto –contestó Emma–, a no ser que lo descubras por ti mismo.

Max miró primero a su hermano y luego a Emma con los ojos entornados.

–Me estáis tomando el pelo, ¿eh?

–¡No seas tonto! –replicó la niña–. Sólo estamos comprobando tus entendederas –soltó una risita–. No parecen muy buenas.

–¡Emma! –llamó súbitamente su abuela desde la casa–. ¿Quieres ir a comprar un bizcocho o sigues enfadada?

–¡Ya no! –contestó su nieta–. Iré por él.

–Me alegro mucho. ¡Toma! –Dolly le lanzó el monedero por la ventana de la cocina.

Max seguía parado, contemplando el coche.

De pronto se dio una palmada en la frente.

–¡Ya lo tengo! –gritó–. Quieres...

Pero Leo le tapó la boca justo a tiempo.

126

Dolly estaba en la cocina con el veterinario cuando Emma bajó las escaleras en camisón y con una manta de lana bajo el brazo. Eran las diez en punto.

La niña asomó la cabeza por la puerta, bostezando.

–Me voy a dormir –anunció–. Buenas noches.

Dolly la miró sorprendida.

–¿Tan pronto? –preguntó.

–Estoy muerta de sueño –contestó la niña con otro bostezo–. Además, quiero estar con Mississippi. A Greñas lo dejaré aquí. Seguro que lo llevarás más tarde.

Su abuela asintió.

–Te despertaré en cuanto vuelva, ¿de acuerdo?

–Está bien –respondió su nieta–. No te olvides de tu spray lacrimógeno.

–Yo mismo me encargaré de que se lo lleve –aseguró Zas–. Que descanses, Emma.

Fuera hacía fresco, a pesar de que el día había sido caluroso. Emma cerró la puerta del establo y colocó delante la caja de los útiles de limpieza. Por precaución. Su abuela la había mirado con cierta desconfianza.

No encendió la luz, por los caballos. De todos modos, ambos se inquietaron al oírla. Emma se dirigió a los boxes, acarició un poco a ambos y dio una zanahoria a cada uno. Después desenrolló la manta que había traído. Contenía un jersey, vaqueros y un par de calcetines. Emma se lo puso todo con rapidez encima del camisón, volvió a colocar en su sitio la caja de los trastos de limpieza y se metió debajo de la manta. Luego puso a las doce y media la alarma del despertador depositado en la paja, junto a su almohada.

Cuando Dolly entró una hora después, Emma aún no dormía. Pero cerró bien los ojos e intentó respirar con tranquilidad, fingiendo que dormía como un tronco. Su abuela se presentó en otras dos ocasiones, y en cada una Emma logró hacerle creer que dormía.

Cuando el despertador sonó a las doce y media, la niña enrolló la otra manta y la colocó debajo de la suya, como si yaciera debajo. Para que el conjunto pareciera realmente auténtico, esa tarde había cortado un poco las crines a Aldo y Mississippi. El pelo de los caballos era casi del mismo color que el suyo y seguro que en la oscuridad su abuela no notaría la diferencia.

Emma dispuso los mechones sobre la almohada para que pareciera que se había tapado la cabeza con la manta. Solía hacerlo así cuando dormía, de modo que su abuela no sospecharía.

Era la una menos veinte cuando Emma salió, sigilosa, del establo. En algún lugar aulló un búho y dos gatas cruzaron el patio oscuro.

Por suerte, Dolly jamás cerraba su coche cuando lo aparcaba en el patio. Emma contempló la casa. Pudo ver la sombra de su abuela tras la ventana iluminada de la cocina. Seguro que no tardaría en salir.

Emma abrió la puerta del maletero, apartó unas viejas

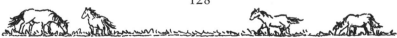

mantas para perros que Dolly siempre llevaba en el coche...
y casi se mordió la lengua del susto. Bajo una de las mantas
se movía algo.

–¡Deprisa! –siseó Leo atrayéndola a su lado–. Cierra la
puerta.

Emma obedeció. Estiró la manta por encima de ella.

–¿Te has vuelto loco? –susurró–. ¿Qué haces aquí?

–Acompañaros. ¿Qué si no?

–¿Y tus padres?

–Hace rato que duermen. Los panaderos se levantan a
las tres de la mañana.

–¿Y Max? –Emma oyó cerrarse la puerta de casa y unos
pasos se aproximaron.

–Max también duerme –susurró Leo–. Y ahora, cállate o
nos descubrirá.

Pero Dolly pasó de largo. Seguramente quería echar un
último vistazo al establo.

–¿Qué haremos si comprueba que no estás allí? –susurró Leo.

–No se dará cuenta –contestó Emma.

En ese momento su abuela regresó y abrió la puerta trasera del coche.

–¡Adentro! –exclamó–. ¡Vamos, salta de una vez, gordinflón!

El coche de Dolly dio un bote cuando Greñas saltó al
asiento trasero. Dos botellas vacías rodaron contra Emma.
Oyó ruidosos resoplidos olfateadores por encima de su cabeza.

–¡Greñas, túmbate, que detrás ya no quedan galletas para perros! –ordenó Dolly.

Después su abuela encendió el motor y se puso en mar-
cha.

Con la forma de conducir de Dolly, el copiloto acababa

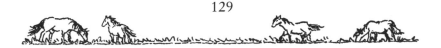

bastante zarandeado en su asiento, pero eso era una bendición comparado con ese viaje. Emma y Leo creyeron que les estaban propinando una paliza. En cierto momento, la situación empeoró. Debían de transitar por el camino de grava que, atravesando el bosque, desembocaba en la vieja cabaña de pescadores.

El gran vehículo daba sacudidas sobre las piedras como si estuvieran sobre la cama de clavos de un faquir, pero a pesar de todo Dolly no aminoraba la velocidad. Emma y Leo resbalaban de un lado a otro del maletero como un par de viejas alfombras enrolladas, hasta que Dolly al fin se detuvo.

Cuando apagó el motor, reinó de pronto un silencio sepulcral. Un silencio y una oscuridad totales.

En el exterior aulló un mochuelo. Emma y Leo atisbaron por debajo de sus mantas. Dolly abrió la puerta del conductor y en el coche se encendió una luz.

—¡Ven, Greñas! —oyó Emma decir a su abuela—. ¿O es que ahora te da miedo la oscuridad?

Greñas se levantó de un salto, alargó su gorda cabezota por encima del asiento trasero y olfateó como loco la manta bajo la que se ocultaba la niña.

—¡Maldita sea, gordinflón! —le riñó Dolly—. ¿Es que sólo piensas en comer?

En ese preciso instante Emma estornudó.

Alto y fuerte.

Acto seguido, Dolly le apartó la manta de la cara.

—¡Emma! —exclamó estupefacta—. ¡Demonios!

La niña se incorporó sorbiéndose la nariz.

—¡Tenía que cuidar de ti! —se excusó.

—¡Y yo, también! —repuso Leo surgiendo como un fantasma de debajo de su manta.

Dolly gimió mientras Greñas lamía la cara a los niños.

–¡Os quedaréis aquí! –ordenó la abuela–. Dentro del coche. O mañana alimentaré con vuestros restos a mis gallinas, ¿entendido?

Emma y Leo asintieron.

Dolly arrastró a Greñas fuera del asiento trasero y cerró de un portazo. Emma y Leo se levantaron con cautela y atisbaron por encima del respaldo del asiento trasero. Dolly había dejado encendidos los faros del coche. La luz caía sobre la cabaña de pescadores, que estaba iluminada.

Emma vio a su abuela dirigiéndose con Greñas hacia la puerta cerrada.

–¡Ven! –susurró la niña a Leo–. Ahora da igual. De todos modos ya está hecha un basilisco.

Levantaron el portón trasero y salieron del coche como dos gatos.

–Y ahora, ¿qué? –preguntó Leo en voz baja.

Cuando Dolly, delante de la cabaña, levantaba la mano para llamar, la puerta se abrió.

Bolonio apareció en el umbral.

Acompañado por Tom y Jerry que ladraban, movían el rabo y saltaban hacia Dolly para lamerle la nariz y las manos. Después corretearon alborozados con Greñas por el pequeño claro del bosque, como si llevasen años sin verse.

Bolonio se quedó parado, mirándose los pies, sin decir ni pío.

–¡Vamos! –Emma dio un empujón a Leo.

Caminaron junto a los perros desenfrenados y se reunieron con Dolly.

Ésta los miró con severidad, pero no les ordenó regresar al coche.

–Hola, Bolonio –saludó Leo.

El aludido levantó la cabeza y le miró.

131

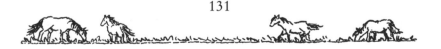

—Otra vez tú —gruñó—. ¿Dónde está tu hermano? ¿Es que últimamente ya nunca te acompaña?

—Está durmiendo —respondió Leo—. ¿Y tú qué haces aquí? ¿Robaste tú a los perros?

Bolonio se rascó el cogote.

—Bueno, no me resultó muy difícil. Se metieron voluntariamente en mi coche.

—Te creo —repuso Dolly—. He dicho mil veces a esos dos que su pasión por los coches acabaría costándoles un disgusto. Por cierto, ¿qué hay de la carta? Ya sabes a cuál me refiero. A la malvada. ¿También la escribiste tú?

—Qué va —Bolonio se apoyó en el quicio de la puerta y hundió las manos en los bolsillos del pantalón—. No fui yo. Ni siquiera se me había ocurrido.

—Pero fuiste tú quien la metió en mi buzón, ¿verdad? —Dolly le dirigió una mirada inquisitiva.

Bolonio asintió.

—No hace falta que me digas quién te lo encargó —añadió Dolly—. Lo sabemos todos. Pero ¿por qué lo hiciste? Eso sí que me interesaría saberlo.

Emma escudriñaba a Bolonio, que no sabía dónde fijar la vista.

—Ese tipo sabía algo de mí —murmuró.

—¿Qué? —preguntó Dolly.

—Que le he birlado piezas de repuesto a Alerón. Gansón me amenazó con contárselo.

—¡Por los clavos de Cristo, a Alerón! —exclamó Dolly—. Alerón sabe desde hace años lo de las piezas de repuesto. Pero te tiene afecto, así que se calla. Por algo así no colabora uno en un chantaje. Ni rapta a dos perros simpáticos.

—Bueno, al fin y al cabo, tampoco he colaborado en eso —se defendió Bolonio—. Por eso te escribí la carta, porque era incapaz de hacer algo así. Lo de la nota esa, el estúpido

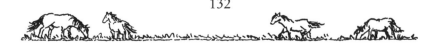

contrato de compra, no me pareció tan mal. Sobre todo porque el viejo hizo una vez que su yegua me tirase al estanque del pueblo. Pero lo de los perros... no.

Meneó la cabeza.

–Anda, ven –Dolly lo cogió del brazo–. Te llevaré a casa. Sigues viviendo con tu madre, ¿no?

Bolonio asintió.

–Pero no se te ocurra contarle que...

–Seré una tumba –le interrumpió Dolly–. No se lo diré a nadie. Los perros se largaron y tú los encontraste. Ni una palabra más. Emma y Leo dirán lo mismo. ¿De acuerdo?

Emma y Leo asintieron.

–Claro. A fin de cuentas, en cierto modo él ha salvado a mi yegua –opinó Emma–. Si el Caimán hubiera raptado a los perros, seguro que no los habríamos recuperado.

Bolonio la miró, asombrado.

–La verdad, me parece estupendo que veas así el asunto –murmuró–. Pero ¿quién es el Caimán?

Eran casi las tres cuando Dolly volvió a aparcar el coche junto a su casa. La luna aún estaba alta en el cielo, pero la noche perdía ya su negrura.

Tom y Jerry retozaban por el patio, ahuyentando a los gatos de las madrigueras de los ratones, y ladraban tan alto que Basilisa Quemajosa tiró una zapatilla por la ventana de su dormitorio. Jerry la trasladó en el acto a su escondrijo de los huesos y la enterró.

–¿Qué, cansada? –Dolly pasó el brazo por los hombros de su nieta.

Emma asintió.

Juntas caminaron despacio hacia las caballerizas.

–Ahora ya no podrá quitarme a Mississippi, ¿verdad? –preguntó Emma.

Su abuela negó con la cabeza.

–¿Sabes una cosa? A pesar de todo deberíamos ir. A la granja de Sotobrante, quiero decir. Le daremos una desagradable sorpresa a ese individuo. Muy desagradable. Pero de eso hablaremos mañana. Con la mente despejada.

–Así lo haremos –Emma abrió la puerta del establo bostezando.

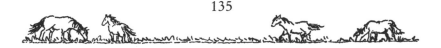

Greñas, Tom y Jerry pasaron apiñándose junto a sus piernas y se lanzaron sobre la paja.

–Bueno, ahora vuelves a tener una nutrida compañía –Dolly besó a su nieta en la mejilla–. Que descanses. Y gracias por haber querido protegerme los dos. Habéis sido muy amables. Y valientes. Tontos, pero valientes. Buenas noches.

–Buenas noches –contestó Emma.

Siguió a su abuela con la mirada, viéndola regresar a la casa. Dos gatos corrían, raudos, tras sus pasos y se deslizaron con ella en el interior de la vivienda.

Emma cerró la puerta del establo y caminó por la paja crujiente hacia Mississippi.

–Ahora todo va bien –susurró–. Ya no tienes por qué preocuparte.

Después se acurrucó debajo de su manta. Tuvo el tiempo justo de despojarse de los zapatos antes de quedarse dormida. Con tres hocicos de perro encima de la barriga.

Cuando se despertó, el sol alumbraba el establo. Mississippi y Aldo pateaban impacientes contra las paredes de sus boxes y los tres perros huroneaban en la paja en busca de ratones. Emma sacó el despertador de debajo de la almohada y gimió. Las diez. Se había dormido. ¡Y de qué manera!

Se calzó apresuradamente, corrió hacia la caja del pienso y echó en los pesebres pienso a los caballos. Después trajo agua fresca, y cuando hubieron comido sacó a ambos al prado. Corrió hacia la casa. Dolly y Zas aún permanecían sentados a la mesa del desayuno.

–¿Qué, también te has dormido tú? –le preguntó su abuela–. Si esta mañana mi gato atigrado no me hubiera lamido la barbilla, seguiría roncando en tu cama. Y Zas, aquí presente –palmeó el hombro del veterinario–, se ha limitado a darse la baja a sí mismo.

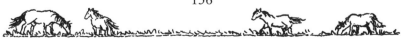

–Exacto –corroboró Zas con la boca llena–. Para mí es un enigma que tu abuela consiga dormir en esa cama. ¡Ojalá hubiera aceptado el sofá! Noto la espalda como si esta noche hubiera bailado encima de ella un rebaño de elefantes. Hoy sería incapaz de colocar en la camilla a un periquito.

–Pues yo me encuentro de maravilla.

Emma echó pienso en los cuencos de los perros y vertió un chorrito de leche encima de cada uno. Luego se sentó a la mesa, al lado de Zas, con un panecillo y un vaso de leche.

–Sí, ya he oído hablar de vuestra acción secreta –dijo el hombre–. Y también de Bolonio, el pecador arrepentido. Lo único que no he podido saber aún es qué pensáis hacer con el Caimán.

–Dolly pretende hacerle una visita –informó Emma mientras mordisqueaba su panecillo.

La gata blanca saltó a su regazo, se lamió el hociquito y ronroneó. En los últimos días había engordado. Dolly tenía razón: pronto tendría gatitos.

–Vaya, vaya –Zas miró a Dolly con cara de preocupación–. Así que quieres visitarlo y enfrentarte a un delincuente, a tus años –meneó la cabeza–. Creo que deberías dejarlo en manos de la policía. Alégrate de que Bolonio haya quitado hierro al asunto. Abandona a su destino al Caimán que, dicho sea de paso, ha regresado. La madre de Leo vio su coche. Me lo ha contado esta mañana, cuando he ido a comprar panecillos.

–Sí, sí, claro que está aquí –reconoció Dolly–. Para hacerse cargo de Mississippi –se echó a reír–. Oh, Zas, me estoy alegrando ya de la cara de tonto que se le quedará. No deseo perdérmelo por nada del mundo. ¿Policía? No, al tal Gansón quiero darle un escarmiento yo misma. Además, tengo un plan. Esta vez me llevaré a Emma, pues de lo contrario volvería a introducirse de polizón en mi coche.

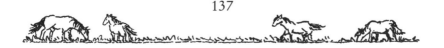

–Tú lo has dicho –confirmó su nieta.

–Y tú, Zas –Dolly sirvió al veterinario otro café–, también intervienes en mi plan, faltaría más.

–¿Yo? –exclamó Zas, estupefacto.

–Sí, tú –remachó Dolly–. Porque tienes esa maravillosa y diminuta grabadora.

El veterinario frunció el ceño.

–¿Para qué la necesitas?

–Enseguida te lo explicaré –contestó Dolly–. También necesitamos un remolque para caballos. ¿Puedes conseguirnos uno hasta digamos las cuatro de la tarde?

–Por supuesto –aseguró Zas–. Pero...

–Nada de peros –replicó Dolly–. Seguro que tú también quieres que ese individuo reciba su merecido, ¿no?

–Pues claro –replicó el veterinario con un suspiro–. Ese tipo es una auténtica plaga.

–¿Lo ves? –Dolly espantó de la mesa a la gata blanca y se reclinó en su asiento–. Entonces presta atención. Se me ha ocurrido lo siguiente...

«Dieciocho horas», decía la carta de chantaje.

A las cinco en punto de la tarde todos los preparativos del plan de Dolly estaban listos.

Max y Leo, delante de la puerta, observaron ofendidos cómo Greñas entraba de un brinco en el coche.

–¿No pensaréis entregarle de verdad a Mississippi? –preguntó Leo.

–Claro que no –contestó Emma–. Cuidad bien de Tom y Jerry.

–Sí, sí –Max se mordió los labios–. Pero decidnos en pocas palabras qué os proponéis.

–No hay tiempo –Emma saludó a ambos con la mano y se subió al asiento del copiloto–. Os lo contaremos a nuestro regreso.

–¿Y por qué no podemos acompañaros? –se quejó Max–. Es una faena. Podríamos escondernos. Ni te figuras lo diminutos que somos, Dolly.

–No –replicó ésta subiendo al coche–. Si os llevara conmigo, vuestro padre no volvería a venderme jamás un panecillo recién hecho –miró a su nieta–. ¿Preparada?

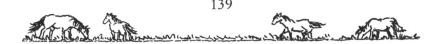

Emma asintió con el corazón encogido.

En el asiento trasero, Greñas se lamía las patas ruidosamente.

–Vamos a darle una lección a ese individuo –dijo Dolly. Después encendió el motor y atravesó con cuidado la puerta.

–¿Adónde vas con el caballo, Dolly? –preguntó Basilisa Quemajosa cuando el remolque pasó delante de ella.

–Te enterarás muy pronto, Basilisa –contestó Dolly–. Mañana, a más tardar. Entonces todos tendréis algo para cotillear como es debido durante semanas, qué digo, meses y meses.

Después se encaminó con Emma hacia el pueblo.

El Caimán las esperaba apoyado en su coche con sonrisa de satisfacción.

–Espera y verás, querido –murmuró Dolly mientras conducía hacia él–. Muy pronto se borrará de tu cara esa sonrisa de satisfacción.

Frenó tan cerca del coche del Caimán, que éste, asustado, levantó las manos.

–¡Eh! –gritó–. ¿Qué significa esto? Tenga cuidado con mi coche, ¿entendido?

Dolly se apeó con su nieta y abrió la puerta trasera del vehículo. Greñas bajó de un salto y levantó el hocico, olfateando.

–Alto, alto. Vuelva a encerrar al chucho –dijo el Caimán–. ¿Quién le dijo que lo trajera?

–El perro necesita hacer pis –contestó Dolly–. ¿Pretende usted prohibírselo? Yo no pienso hacerlo.

Greñas cruzó el patio trotando y olfateó cada piedra. El Caimán, irritado, lo seguía con la mirada.

–Le dan miedo los perros, ¿eh? –preguntó Emma–. Greñas no es peligroso. Sólo se mete con la gente que le cae

140

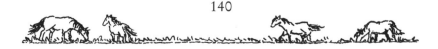

mal. Entonces sí puede resultar muy desagradable. Pero usted es una persona encantadora. Rapta a sus amigos perros, amenaza con matarlos. Seguro que le tiene cariño. ¿A que sí, Greñas?

El perrazo se volvió hacia ella moviendo el rabo y siguió husmeando por el patio de Sotobrante.

—Muy graciosa —gruñó el Caimán—. Pero ¿qué se te ha perdido aquí? ¿No estarías mejor en casa?

Emma le dedicó una mirada sombría.

—Al fin y al cabo la yegua es mía, creo —bramó la niña.

—No por mucho tiempo —Alberto Gansón esbozó otra sonrisa de complacencia—. Y ¿sabes una cosa? Soy un hombre generoso. Puedes meterla en mi establo. Así no tendré que mancharme los zapatos.

—Un momento, por favor —Dolly rodeó con el brazo los hombros de su nieta—. Todavía no hemos llegado ni de lejos a ese punto. ¿Cómo sabré que mis perros están bien? Le creo muy capaz de haberlos enviado hace mucho al otro barrio.

El Caimán dio un paso hacia Dolly.

—Oiga, señora, se ha llevado usted este disgusto por su tozudez y por no devolverme lo que me pertenece legalmente. Así son las cosas.

Dolly lo miraba impertérrita.

—¿Cómo están mis perros? —preguntó de nuevo.

—¡Bien! —contestó el Caimán con tono grosero—. De maravilla. Y ahora, descargue mi yegua.

Greñas se le acercó por la espalda al trote y olisqueó la pernera de su pantalón. Cuando el Caimán sintió el hocico del perro en la pantorrilla, se sobresaltó y se quedó tieso como un palo.

—¡Maldita sea! —susurró—. ¡Encierre de una vez a este chucho en el coche!

Dolly sonrió, sarcástica.

—Ven, Greñas —dijo, agarrando al perrazo por el collar—. Alguien teme que lo devoren. Como si a ti te gustara un tipo así, ¿verdad?

Bajó la ventanilla del coche, subió a rastras a Greñas al asiento trasero y cerró la puerta.

El Caimán se apoyó en el guardabarros de su coche, aliviado.

—Bueno, al fin —dijo él—. Y ahora, la yegua.

—¡Ay, Señor, qué prisa tiene este hombre! —exclamó Dolly, suspirando—. ¿No le gustaría recuperar primero su amable carta? Porque no todos los días se escribe una carta de chantaje tan auténtica. Podría usted enmarcarla y colgarla encima de su cama.

—Muy graciosa —el Caimán se enderezó la corbata—. Pero tiene razón. Entrégueme de una vez la carta y la fotocopia del contrato de compra, no sea que nos olvidemos de ello más tarde.

—Emma —Dolly le dio un codazo a su nieta—, ¿las has traído?

La niña asintió.

—Espero que no se te haya ocurrido la estúpida idea de hacer otra copia —advirtió el Caimán—. Sería muy poco saludable para los perros de tu abuela —alargó la mano—. Venga, entrégamelas de una vez.

Emma introdujo la mano en el bolsillo de su chaqueta y... del susto se quedó sin respiración.

Allí estaba Leo. Entre los arbustos, junto a las caballerizas. Al comprobar que Gansón le daba la espalda, cruzó agachado el patio a toda velocidad y desapareció detrás del coche del Caimán.

—¿Qué miras como un pasmarote? —preguntó el Caimán con tono impaciente—. Venga esos papeles. ¡Pero ya!

—Sí, sí —murmuró Emma.

Intentando no mirar hacia el coche, hurgó en el bolsillo de su pantalón como si no pudiera sacar la carta y la fotocopia.

Entregó los papeles al Caimán con un ligero temblor en los dedos. Leo estaba abriendo la puerta del conductor... con absoluto sigilo.

–Veamos –dijo Gansón.

Primero examinó con desconfianza la fotocopia del contrato de compra y luego su carta. Emma lanzó una rápida ojeada a su coche. La puerta del conductor continuaba abierta, pero a Leo no se le veía por ninguna parte.

Emma miró aliviada a su abuela, pero ésta al parecer no había visto al chico y abría la puerta del remolque para caballos.

El Caimán se guardó los papeles en el bolsillo interior de su chaqueta.

–¿No puede apresurarse? –gritó a Dolly.

Dolly subió al remolque y... sacó a Aldo.

Al Caimán casi se le salieron los ojos de las órbitas.

–¿Qué significa esto? –gritó–. ¿Pretende tomarme el pelo? No es Mississippi.

–¿De veras? –Dolly palmeaba el cuello del caballo–. Bueno, Gansón, he de reconocer que llevamos todo el rato tomándole el pelo. Emma, trae la cinta, por favor.

–¿La cinta? –el Caimán cortó el paso a Emma, la agarró con rudeza y le abrió la chaqueta de un tirón.

La grabadora de Zas estaba pegada a su jersey con cinta adhesiva y en funcionamiento.

–¡Suélteme! –Emma luchaba por liberarse, pero Gansón la sujetaba con firmeza. De un tirón, le arrancó el aparato y la tiró al suelo de un empujón.

–Lo lamentará usted –increpó a Dolly–. Haré picadillo a sus perros.

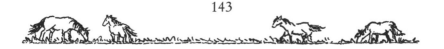

–¡Nosotros te haremos picadillo a ti! –gritó Max.

Con un alarido, salió como una tromba de detrás del coche del Caimán. Leo vino por el otro lado.

Ambos chicos arremetieron contra el Caimán y, agarrándolo por las piernas, lo derribaron.

El Caimán aterrizó en el barro con un alarido de rabia. La grabadora salió volando de su mano y fue a parar justo a los pies de Emma. La niña la recogió con rapidez y corrió hacia su abuela.

Ésta tenía dificultades para sujetar a Aldo, que se encabritaba.

Emma miró a su alrededor. Max y Leo, sentados encima del Caimán, apretaban contra los adoquines sus piernas y brazos pataleantes.

–¿Podéis sujetarlo un momento más? –preguntó Dolly.

–¡Claro! –contestó Max–. Es un verdadero placer.

–¡Retorceré el pescuezo a los perros! –gritaba el Caimán.

Dolly se situó a su lado y lo miró desde arriba con una sonrisa burlona.

–¿Sabe una cosa? Usted ya no tiene a mis perros, majadero. Bolonio me los ha devuelto.

Sus palabras dejaron al Caimán sin habla, pero se recuperó deprisa.

–Bueno, ¿y qué? –gritó–. La cinta no les servirá de nada. El juzgado no la admitirá. Y también puede olvidarse de estos mocosos como testigos.

–Lo sé, lo sé –Dolly se encaminó a su coche, abrió la puerta trasera y apartó las mantas de los perros.

–Bueno, Zas, ¿lo has oído todo? –preguntó.

Gimiendo y con el pelo desgreñado, el veterinario sacó sus largas piernas del maletero.

–Cielos, Dolly –dijo–. La verdad es que lo he hecho só-

lo por ti. No creo que pueda volver a enderezar las piernas en mi vida.

–Sí, sí, nosotras también te debemos un gran favor, amigo mío –Dolly lo condujo hasta el Caimán, que se encontraba aplastado como un sello–. ¿Me permite que les presente? Éste es el doctor Aaron Zas, veterinario de profesión y seguro que un testigo bien visto por el tribunal.

–Que se ha enterado de todo palabra por palabra –añadió Zas–. Gracias a su excelente oído y a la ventanilla abierta del coche.

El Caimán cerró los ojos gimiendo. Ya no se le ocurrió nada que replicar.

–Dejad que se levante, chicos –dijo Dolly.

–¿No sería mejor que nos quedásemos sentados sobre él hasta que lo detengan? –inquirió Leo.

Dolly sacudió la cabeza.

–No es necesario. Ahora mismo acudiremos todos a la policía, prestaremos declaración y luego los agentes harán una visita a este distinguido caballero.

–¡Vale! –los chicos se apartaron de su prisionero a disgusto.

El Caimán se incorporó sacudiéndose el traje y se dirigió hacia su coche sin añadir palabra.

Cuando entró en él, Max, Leo y Emma se dieron un codazo, sonrientes.

–¿Dónde están las llaves de mi coche? –gruñó el Caimán por la ventanilla del copiloto.

–Aquí –Leo se metió la mano en el bolsillo del pantalón y blandió el llavero–. Pero tiene que pedirlas «por favor», o terminarán en el depósito de abono orgánico.

–Por favor –el Caimán escupió las palabras a los pies de Leo.

145

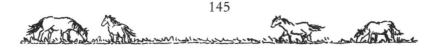

–De acuerdo, yo no soy como usted –repuso Leo, arrojando las llaves por la ventanilla.

El Caimán se marchó de la granja con un chirrido de los neumáticos.

Dolly, Zas y Emma se miraron sonrientes.

–¿Qué tal lo hemos hecho? –preguntó Dolly.

–Perfecto –contestó Emma–. Absolutamente perfecto. Pero estos dos –añadió empujando a sus amigos–, tampoco han estado nada mal, ¿eh?

–Bueno –Leo se encogió de hombros–, la única pena es haber tenido que dejar marchar al Caimán.

–¿Y qué pensabas hacer con él? –preguntó Zas, interesado.

–Uf, atarlo a ese árbol, por ejemplo –opinó Max.

–Y confiar en que lloviese –comentó Leo.

–Cierto –Dolly sonrió–. A mí también me habría gustado. Pero nosotros somos buenas personas, ¿no es cierto?

–Muy buenas –precisó el veterinario–. Y por eso me llevarás ahora a casa. Necesito un baño caliente con urgencia.

–Con mucho gusto –Dolly introdujo la mano por la ventanilla abierta y rascó la cabeza a Greñas–. ¿Y vosotros, qué, pillastres?

–Bueno, yo regresaré a casa a caballo –Emma se acercó a Aldo y le palmeó el cuello con ademán tranquilizador–. ¿Qué te parece, viejo? Seguro que eso te gusta más que volver a viajar en esa lata.

–Nosotros tenemos nuestras bicis ahí, detrás de la maleza –informó Max.

–Bien –Dolly tendió a Emma el cabestro de Aldo y subió al coche–. En ese caso declaro triunfalmente finalizada la operación secreta «Caimán».

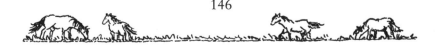

Para celebrarlo, Emma alimentó a Mississippi con un enorme manojo de zanahorias y le ató lazos rojos en las crines. Cuando Emma sacó las cintas de las alforjas de Sotobrante, la yegua se puso nerviosísima. Empujaba a Emma con el morro sin parar, escarbaba la paja con el casco y relinchaba. «Seguramente le recuerdan a Sotobrante», pensó Emma, y volvió a guardar a toda prisa las alforjas.

Cepilló las crines de Missi. A la yegua eso siempre le encantaba, pero esta vez no paraba de removerse, inquieta. No se tranquilizó hasta que Emma la sacó al prado a reunirse con Aldo.

El caballo olfateó primero con detenimiento los lazos de Missississipi, y después, mientras la yegua pastaba a su lado, se los quitó pacientemente de las crines con los dientes.

–Parece como si a Aldo le gustase más sin lazos, ¿no crees? –comentó Emma a su abuela en la valla del prado.

–Eso parece –contestó Dolly sonriendo.

Emma suspiró satisfecha. Con los ojos entornados, contemplaba el sol de la tarde, suspendido por encima de los árboles.

–Ahora sí que ya no puede arrebatármela nadie –murmuró.

–Desde luego que no –su abuela retiró un caracol de la valla y lo depositó sobre la hierba–. A pesar de todo, tuve mis dudas hasta ayer.

–¿Y eso por qué? –Emma miró a su abuela, asustada.

Dolly se pellizcó el lóbulo de la oreja.

–Bueno, en rigor Gansón fue el heredero de Sotobrante hasta el momento en que nos vendió a Missi. Con la venta, de repente dejó de serlo, si hemos de dar crédito a la señora Buchete. Así pues, ¿era válido nuestro contrato de compra? ¿O Mississippi pertenecía a la Sociedad Protectora de Animales?

–¡Oh! –gimió Emma.

–¡Pierde cuidado! –Dolly sonrió–. No quería preocuparte innecesariamente, así que rogué a Zas que consultase a un abogado. Y éste le dijo que Missi te pertenecía sin ningún género de dudas. ¿Tranquila?

–Claro –contestó Emma con un suspiro.

Su corazón se apaciguó en el acto.

–¿Sabes una cosa? –añadió la niña–. Cuando até a Missi los lazos en las crines, se puso nerviosísima. ¿Será que no le gusta que la emperejilen así?

–Puede ser –Dolly miró al prado donde en ese momento Missi se revolcaba placenteramente en la hierba–. Pero a lo mejor se alteró tanto porque Sotobrante acostumbraba a engalanarla casi siempre antes de salir con ella a cabalgar. Quién sabe, tal vez le gustaría volver a pasear por el pueblo.

–¿Tú crees? –Emma contempló a Mississippi y a Aldo. Los dos cuadrúpedos frotaban sus cuellos entre sí.

Dolly se encogió de hombros.

–Podría ser, ¿no crees? Quizá deberías hacer la prueba,

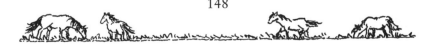

cuando haya pasado todo el jaleo del testamento. Lo más importante al montar es que el caballo acepte al jinete. Y todo el que entiende un poco de animales ve que Missi está loca por ti. Basta ver la ternura con que te mordisquea siempre el jersey.

Emma se echó a reír.

–Es cierto –reconoció–. Pero yo sólo la montaré si a ella también le gusta. ¿Cuándo será la apertura del testamento?

–Dentro de dos días –contestó su abuela–. Y he de decirte que daré saltos de alegría cuando haya pasado todo este lío.

–Yo también –murmuró Emma.

–¿Nos vamos a casa? –preguntó Dolly–. Está refrescando y pronto oscurecerá. Podríamos calentarnos el resto de esa deliciosa sopa que preparaste ayer.

Su nieta asintió.

–Iré en cuanto meta a los caballos en la cuadra.

El establo aún permanecía caldeado por el sol de la tarde. Emma introdujo a Aldo y a Missi en sus boxes, esparció avena en sus pesebres y sacó del cubo de agua de Missi a un escarabajo que pataleaba. Luego abrió la caja de los arreos de la yegua, sacó la silla de montar y los jaeces y limpió todo con sumo cuidado.

Cuando colgó la silla de montar sobre la puerta del tercer box, vacío, oyó un maullido quedo. Muy al fondo, en el rincón, la gata blanca yacía en la paja con cuatro gatitos que mamaban con avidez de sus pezones.

Emma se aproximó sin hacer ruido.

–¿Qué tal, Blanca? –susurró, arrodillándose a su lado–. Pero qué hijos tan bonitos. Son todos casi iguales a ti.

Blanca la miró, bostezando.

–Pero has escogido un mal día –prosiguió la niña–. Con

149

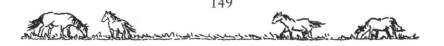

tanta excitación nos hemos olvidado de ti. Aunque, ¿sabes una cosa? Voy a traerte algo de comer y de beber. Volveré enseguida.

Corrió hacia la casa a la velocidad de una ardilla. El cielo se había oscurecido, se había levantado un fuerte viento y las hojas del enorme nogal rumoreaban como si una gigantesca bandada de pájaros sobrevolase la cabeza de Emma.

Su abuela estaba en la cocina, con el auricular del teléfono pegado a la oreja mientras removía la sopa de Emma con una cuchara de madera.

—Alma —decía en ese momento—, tengo que colgar o se me quemará la sopa. Del resto te enterarás mañana.

—Abuela —Emma jadeaba—, Blanca ha tenido crías.

—¡Ay, Dios mío! —la anciana retiró la cazuela del fogón—. Lo que faltaba. ¿Cuántas?

—Cuatro —contestó su nieta—. Voy a llevarle comida y bebida.

—Bien, bien —aprobó Dolly—, pero date prisa, o se enfriará la sopa. ¡Cielo santo, menudo día!

Cuando por fin se sentaron a la mesa, el teléfono sonó cuatro veces. Pero Dolly no descolgó.

—No para de sonar desde que estoy en casa —suspiró la mujer—. Leo y Max han contado ahí enfrente sus heroicas hazañas. A continuación, su madre se ha colgado del teléfono y me ha preguntado si sus retoños estaban borrachos o la historia tenía trazas de verdad. Después seguro que ha informado a todo el vecindario. Total, que la «Operación Caimán» está circulando por todo el pueblo y mañana temprano lo sabrán hasta en los pueblos vecinos. Rapto, chantaje... hacía por lo menos treinta años que no ocurrían por aquí acontecimientos tan emocionantes —se echó a reír—.

Ardo en deseos de saber en qué deviene la historia mañana. Seguro que entonces habremos tenido que vérnoslas con toda una banda y, por supuesto, habrá habido un tiroteo. Sin embargo, este asunto tiene algo práctico y ¿sabes qué es?

Emma negó con la cabeza.

–Que podré preguntarle a todo el que telefonee si necesita un gatito monísimo para cazar ratones –agregó su abuela–. Así el cotilleo tendrá al menos su lado bueno. ¿Te apetece volver a dormir en el establo esta noche?

–Claro –contestó Emma–. Es muy confortable. Además... a lo mejor al Caimán se le ocurre alguna otra maldad. Nunca se sabe.

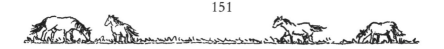

Emma no volvió a ver al Caimán hasta la apertura del testamento en el Juzgado de Primera Instancia de la ciudad. Con los labios apretados, se sentaba tres sillas más allá de la mesa del funcionario que ejecutaba el testamento. También asistía la señora Buchete, todavía resfriada. Barnabas, sentado debajo de su silla, mordisqueaba la correa sin parar.

—Buenos días —saludó el funcionario judicial—. Mi nombre es Malagüero. Han sido invitados a la apertura del testamento de Juan Sotobrante. Su ama de llaves, la señora Buchete, que comunicó su fallecimiento, ha tenido la amabilidad de proporcionarnos los nombres de todos los beneficiarios del testamento. Constataré rápidamente su presencia para levantar acta —carraspeó—. ¿Señor Alberto Gansón?

El Caimán asintió con la cabeza y expresión sombría.

—¿Señora Dora Buchete?

—Presente —la señora Buchete levantó la mano como una escolar—. Soy yo.

—¿Señora Dolores Pasoflorido?

—Aquí estoy —contestó Dolly.

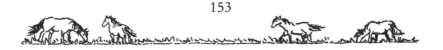

–Bien –el señor Malagüero asintió satisfecho–. En ese caso, procederé a abrir y leer el testamento de Juan Sotobrante –levantó un sobre lacrado–. Como pueden comprobar ustedes, el sello está intacto –el funcionario lo rompió con un movimiento experto y sacó una hoja de papel densamente escrita. Tras carraspear de nuevo, miró a los presentes e inició la lectura.

«Por la presente, yo, Juan Sotobrante, en plena posesión de mis facultades mentales, dispongo que mi sobrino, Alberto Gansón, herede todas mis propiedades en Abendrade, compuestas por las tierras, los establos y una vivienda junto con su mobiliario, así como mi yegua Mississippi, pero con una condición: jamás debe venderla y la cuidará lo mejor posible hasta la muerte natural, ojalá muy lejana, del animal. La yegua recibirá todos los domingos una tableta de chocolate y el 14 de abril, cumpleaños de Mississippi, mi sobrino deberá visitar con ella mi tumba. Si incumple estas condiciones, todas las propiedades antes mencionadas pasarán a la Sociedad Protectora de Animales de la localidad de Nettelstedt...»

El señor Malagüero levantó la cabeza y miró a Alberto Gansón.

–¿Puede usted cumplir las condiciones mencionadas en el testamento?

–No –gruñó el Caimán–. No puedo. Pero pienso impugnar este ridículo testamento, se lo aseguro.

–Hágalo, Gansón –repuso Dolly–. Pero creo que ya ha hecho bastante el ridículo, ¿no le parece?

El Caimán dirigió a Dolly una mirada tan sombría que la señora Buchete soltó una risita nerviosa.

El señor Malagüero carraspeó.

–Continuemos –anunció–. Juan Sotobrante prosigue: «A mi ama de llaves, Dora Buchete, le lego todas mis ca-

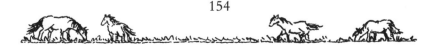

zuelas, mi vajilla de porcelana, aunque haya roto ya casi todas las piezas, los artículos de limpieza y la alfombra de mi despacho, que su perro Barnabas ha mordido con saña».

Dora Buchete esbozó una sonrisa atormentada y rascó el lomo mantecoso de Barnabas.

–«Finalmente –añadió el señor Malagüero–, lego a mi viejo amor Dolly Pasoflorido mi libro favorito, el libro más notable que se haya escrito jamás, *Las aventuras de Tom Sawyer*. Ella es la única que de verdad sabe apreciarlo.»

El señor Malagüero plegó el testamento de Sotobrante y lo devolvió con cuidado al sobre.

–¿Y qué me dice de sus valores? –clamó el Caimán–. ¿Dónde metió todo su dinero? En la casa no está. Y en el banco tampoco saben qué ha sido de él. ¿Lo enterraría deseando que se pudriera?

–Lo lamento –el señor Malagüero se reclinó en su silla–. Ese dato no consta en el testamento.

–¡Pero es que tenía valores! –gritó el Caimán–. Él me los enseñó. Montones de ellos. ¿Dónde están? ¿Encendió con ellos la chimenea? ¿O se los dio de comer a esa estúpida yegua?

–Le ruego que baje la voz, señor Gansón –le reconvino el señor Malagüero–. Creo que ninguno de los presentes es duro de oído o quiere quedar sordo por culpa de sus gritos. Señora Buchete, señora Pasoflorido, ¿aceptan el legado?

La señora Buchete asintió, muy ruborizada.

Dolly sonrió.

–Por supuesto –respondió–. Guardaré el libro con sumo respeto. Es una ocasión magnífica para releerlo. Pero tendré que tener cuidado de que no se haga pedazos. Sotobrante lo leía continuamente.

–Oh, está en muy buen estado –aclaró el señor Malagüe-

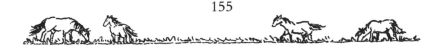

ro sacando un abultado sobre del cajón de su escritorio–. Lo cierto es que se trata de un ejemplar notable.

–¡Se acabó! ¡Yo me marcho! –el Caimán empujó su silla hacia atrás con tal violencia que Barnabas se escondió detrás de las piernas de la señora Buchete–. Tengo cosas mejores que hacer que escuchar toda esta absurda palabrería sobre un libro viejo. Mi tío no estaba en sus cabales cuando redactó este testamento.

Se dirigió hacia la puerta, enfurecido.

–¿A qué testamento exactamente se refiere usted, señor Gansón? –preguntó el señor Malagüero mientras se alejaba–. Porque su tío dejó dos.

El Caimán se detuvo como si acabara de ser fulminado por un rayo.

El señor Malagüero se reclinó en su silla con una sonrisa de satisfacción.

Todos los presentes lo miraban, atónitos. El corazón de Emma se aceleró de nuevo.

–Vaya, por lo que veo la noticia constituye una sorpresa para todos los presentes, ¿verdad? –el señor Malagüero alzó el sobre con el primer testamento de Sotobrante–. Unas dos semanas después de depositar el testamento que acabo de leer –prosiguió el funcionario judicial–, Juan Sotobrante trajo este otro –el señor Malagüero volvió a mirar a los presentes y levantó el abultado sobre que había sacado de su escritorio–. Como pueden ver, también este sobre está lacrado.

El Caimán regresó a su asiento con disimulo. El funcionario volvió a romper el sello, abrió el sobre y metió la mano en su interior.

–¡Por todos los santos! –la señora Buchete se inclinó tanto hacia delante que estuvo a punto de caerse de la silla–. ¡Le ruego que no lo haga tan emocionante!

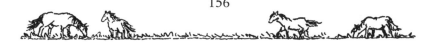

—¿Por qué no? –inquirió el señor Malagüero con una amable sonrisa–. Es evidente que el finado quería imprimir emoción al asunto, ¿no? –miró a Emma–. Jovencita, ¿qué crees tú que contiene el sobre?

—No tengo ni idea –respondió Emma.

El señor Malagüero extrajo un libro del sobre.

—Éste es el ejemplar de *Las aventuras de Tom Sawyer* perteneciente a Juan Sotobrante –anunció–. La herencia de la señora Pasoflorido.

—Bueno, ahora sí que no entiendo una palabra –se lamentó la señora Buchete.

—¡Cierre el pico! –gruñó el Caimán mirando al señor Malagüero–. ¿Qué pasa con el libro?

El señor Malagüero se inclinó por encima del escritorio y tendió el volumen a Emma.

—Supongo que eres la nieta de la señora Pasoflorido. Por eso te ruego que lo abras por la primera página.

Emma obedeció.

—Aquí hay algo escrito –dijo asombrada–. A mano. Pero la letra es muy liosa. No consigo leerla.

La señora Buchete atisbó curiosa por encima del hombro de Emma. El Caimán se removía en su silla, inquieto.

Dolly era la única que mantenía la calma.

—Sotobrante, Sotobrante... –murmuró–. ¿Qué has vuelto a maquinar ahora?

Emma devolvió el libro al señor Malagüero.

Éste carraspeó, guiñó un ojo a la niña y leyó:

—«Yo, Juan Sotobrante, en plena posesión de mis no demasiado grandes capacidades intelectuales, lego por la presente a Dolly Pasoflorido mi casa de América. Aunque no quiso vivir allí conmigo, quizá a mi muerte encuentre grata esa casa. Al fin y al cabo, Dolly siempre ha sido muy aventurera. Firmado, Juan Sotobrante.»

157

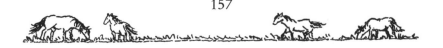

–¡No me cabe en la cabeza! –el Caimán se levantó de un salto, como si le hubiera picado una tarántula–. ¡Ahí está su dinero! Se gastó su dinero en América. ¡Fabuloso! –se abalanzó sobre Dolly resoplando de ira–. ¡Primero me hace perder mi herencia y después se queda encima con la mejor parte!

–Deje en paz a mi abuela –exclamó Emma interponiéndose en su camino–. ¡Asqueroso y repugnante chantajista! ¡Caimán!

Y a continuación le atizó una patada en la espinilla con toda su fuerza.

El Caimán aterrizó en el regazo de la señora Buchete.

A continuación, ésta empezó a gritar como si la mataran y Barnabas, saliendo de debajo de su silla, clavó los dientes en el zapato izquierdo del Caimán.

–¡Silencio! –gritó el señor Malagüero–. ¡Hagan el favor de callarse!

Como nadie le prestó atención, golpeó su escritorio con el libro de Tom Sawyer, pero tampoco sirvió de nada.

Entonces Dolly se levantó, separó al enfurecido Barnabas del zapato del Caimán, apartó a éste del regazo de la señora Buchete agarrándolo por la corbata y tapó la boca a la señora Buchete.

De pronto se hizo el silencio.

–Señor Malagüero, ¿puede usted decirme en qué zona de América está la casa del señor Sotobrante? –inquirió Dolly.

–Por supuesto –contestó el interpelado–. En el alto Mississippi. Lamento no poder pronunciar el nombre del lugar, pero le anotaré la dirección.

–Hágalo –dijo Dolly y cogiendo a Emma de la mano, añadió–: Vámonos a casa. Seguro que Greñas se ha zampado ya la mitad de la alfombra del salón. ¿Me lo puedo llevar? –preguntó, recogiendo el libro de Tom Sawyer.

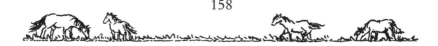

—Un momento —el señor Malagüero cogió unas tijeras—. Seguro que no tiene usted nada que oponer —cortó con exquisito cuidado la guarda del libro con el segundo testamento de Sotobrante—. Esto, como es lógico, debe quedar en poder del Juzgado. Es un documento oficial, valga la expresión. ¿Lo entiende?

—Por supuesto —contestó Dolly—. Siempre y cuando no me quite usted un trozo de texto. Porque el comienzo de la novela me encanta.

–¿En América? –Max se puso verde de envidia.

–Jo, nosotros nunca hemos heredado nada en América. Ni hemos estado allí.

Max y Leo, sentados en el cajón de avena del establo, observaban cómo Emma engalanaba a Mississippi.

–Yo tampoco –replicó la niña, rebuscando en las viejas alforjas de Sotobrante–. Por alguna parte había un cascabel.

Aldo miraba con desconfianza desde su box y pateó la pared de madera con impaciencia.

–Sí, sí –murmuró Emma–. Enseguida saldréis. Missi estará lista en un pispás.

–¿Por qué la adornas de ese modo? –quiso saber Max.

Emma cerró la alforja y volvió a colgarla de su gancho.

–Porque hoy pienso montarla –respondió la niña–. Voy a cabalgar por el pueblo con Missi, igual que el viejo Sotobrante.

Fue al arcón y, tras sacar los arreos, la bella manta y la silla de montar, regresó junto a Mississippi. Emma sabía de sobra ensillar un caballo. Dolly se lo había enseñado con Aldo, a pesar de que ella siempre lo montaba a pelo.

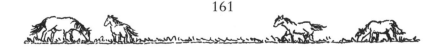

Mississippi permaneció muy tranquila cuando Emma le echó la manta por encima.

–¿Qué, estás contenta? –le preguntó la niña en voz baja. Luego puso a la yegua la silla de montar de Sotobrante y apretó la cincha. Missi seguía muy tranquila.

–¡Estás loca! –gruñó Max–. No se dejará montar.

–¿Ah, no? –Emma puso los arreos a Missi y un cabestro a Aldo–. ¿Sólo porque derribó al imbécil de Bolonio? No creo que puedas tomárselo a mal, ¿verdad? –chasqueó la lengua, pasó junto a los chicos y condujo a los dos caballos al exterior.

–Vamos –dijo Max tirando de su hermano–. No podemos perdernos esto.

Era un día espléndido. Lucía el sol y una cálida brisa soplaba entre los árboles. Los gatos de Dolly estaban repanchigados sobre las piedras calientes, las gallinas escarbaban en la arena y Tom y Jerry yacían a la sombra, jadeando.

–¿Sabe Dolly que pretendes montar a Missi? –preguntó Max.

–No –contestó Emma–. Está jugando a las cartas con sus amigas en casa de Enriqueta. Pero estoy segura de que me lo permitiría.

De un empujón, abrió la valla del prado, ató a Missi a la verja y quitó el cabestro a Aldo.

–Hala, a correr –le dijo palmeando su grupa–. Hoy tienes el día libre.

Missi aguzó las orejas, mordisqueó las riendas y miró a Emma, removiéndose inquieta.

–Se quedarán todos boquiabiertos –le susurró Emma.

–¡Dolly no te daría permiso! –Max trepó a la valla–. Garantizado. Apuesto a que saldrás volando diez metros y aterrizarás en los arriates de rosas de Basilisa.

–Pues yo apuesto a que Emma lo consigue –replicó Leo.

162

El niño se acercó a Missi y le acarició el morro.

–¡Bah, eso sólo lo dices porque estás enamorado de Emma! –le gritó Max desde la valla.

Leo le hizo una mueca. Después miró a Emma, avergonzado, pero ésta fingió no haber oído nada. Acarició el cuello a Mississippi, le espantó una mosca de la nariz y le enderezó los lazos.

–¿A que está preciosa? –dijo en voz baja–. A pesar de las rayas blancas.

Leo asintió.

–Como un caballo indio o algo parecido.

Emma le sonrió.

–¡Venga, que es para hoy! –gritó Max, balanceándose sobre la vieja valla como si montara a lomos de un búfalo.

–¿Qué apostamos? –preguntó Emma–. Venga, ¿qué nos apostamos a que lo consigo?

Max sonrió con picardía.

–Si sales volando, recibiré un beso.

–¿De quién? –preguntó Emma burlona–. ¿De Missi?

–¡Tuyo, por supuesto!

Emma se encogió de hombros.

–De acuerdo. ¿Y si no me tira?

–Entonces se lo darás a Leo –repuso Max–. Que además se muere de ganas.

Leo se le aproximó, enfurecido.

–Déjalo ya, ¿vale? ¡Eres idiota!

–Ya lo sé –replicó Max–. Pero, digas lo que digas, recibiré mi beso.

–De eso, nada –Emma atrajo a Leo junto a ella–. Venga, no te enfades –susurró–. Lo conseguiré. Se quedará con un palmo de narices. Sujeta a Missi, ¿quieres?

Leo asintió. Desató las riendas de la yegua de la valla, la sacó fuera del prado y se detuvo.

–Bueno, Missi –dijo Emma colocando la mano sobre el pomo del arzón–, ¿qué te parece? ¿Te apetece dar una vuelta por el pueblo?

La yegua levantó las orejas, relinchó y la miró.

–Está muy tranquila –dijo Leo.

Emma, tras palmear el cuello de Missi, colocó con cuidado un pie en el estribo. La yegua, curiosa, giró la cabeza hacia Emma, pero se quedó quieta.

Emma respiró hondo... y se subió a la silla.

Mississippi retrocedió medio paso, agitó las crines haciendo resonar los cascabeles de Sotobrante y empujó a Leo con el morro.

–¡Uff! –exclamó éste, lanzando las riendas a Emma–. Creo que acepta tu ofrecimiento.

Emma empuñó las riendas con cautela, apretó sus muslos contra los flancos de Mississippi y la dirigió hacia la puerta del prado.

La yegua caminó sosegada por la hierba, pasó junto a Max, quien se había quedado con la boca abierta al lado de Greñas, que yacía durmiendo delante de la puerta, y salió a la calle.

–¡Virgen santa! –del susto, a Basilisa Quemajosa casi se le cayeron las tijeras de podar al divisar a Emma. Su radio, depositada como siempre encima del muro del jardín, sonaba tan atronadora que se la oía hasta en el taller mecánico de Alerón. Mississippi, asustada, se negó a seguir.

–Tranquila, Missi, tranquila –dijo Emma, y con un tirón de las riendas y una suave presión de los muslos obligó a la yegua a pasar de largo ante la señora Quemajosa y su radio. Después condujo a Missi por la estrecha calle hacia el estanque del pueblo.

Emma no precisaba esforzarse. La yegua trotaba por el camino que Sotobrante recorría siempre: una vuelta alrede-

dor del estanque, pasando ante la panadería de los padres de Max y Leo, la parada del autobús y las granjas situadas junto a la carretera.

Las herraduras de Mississippi chacoloteaban contra el asfalto lleno de baches. Emma se sentía de maravilla, mejor que en toda su vida. Alzó los ojos hacia el cielo, vio pasar las nubes y se imaginó que estaba en un lugar completamente diferente, en un país vasto y salvaje por el que podía cabalgar durante días y días con Mississippi sin toparse con persona alguna.

Los ladridos de un perro la sobresaltaron, arrancándola de sus ensoñaciones. El can, abierto de patas y apenas mayor que un conejo, estaba parado en medio de la calle, desgañitándose hasta enronquecer. Missi se asustó y no hubo modo de inducirla a cruzar frente al pequeño monstruo.

Emma conocía al perro. Pertenecía al yerno de la gorda Enriqueta y ladraba a todo aquel que se acercaba a la granja. La verdad es que Emma se asombraba de que, a pesar de todo, la tienda de Enriqueta estuviera siempre atiborrada de clientes.

—¡Cierra la boca, Zopo! —le increpó la niña, lanzando al enano unas cuantas galletas para perros y obligando a la inquieta Missi a pasar a su lado.

El coche de su abuela estaba aparcado detrás de la casa, donde Enriqueta tenía el jardín.

Emma cabalgó hacia la valla, aflojó las riendas de Mississippi y la dejó introducir el hocico entre las rosas de Enriqueta.

Dolly y Enriqueta estaban tan enfrascadas en el juego, que al principio ni siquiera se fijaron en Emma. Sólo Alma levantó la cabeza. Al ver a la niña a lomos de Mississippi, del sobresalto, se le cayó una galleta en el jerez.

–¡Dolly! –exclamó–. ¡Ay, Dolly, mira, por favor! –se tapó los ojos con la mano–. Yo no puedo verlo.

–¡Vamos, mujer! –repuso Dolly sin levantar la vista de sus cartas–. ¿Qué te pasa ahora, Alma? ¿Ha caído un abejorro en tu jerez?

Emma sonreía. Missi alargó el cuello por encima de la valla, olfateó los capullos de rosa y relinchó.

En ese momento, Dolly y Enriqueta también alzaron la cabeza.

–¡Emma! –gritó Dolly, y la verdad es que parecía un poco asustada.

–¿No es todavía demasiado joven para partirse el cuello? –preguntó Enriqueta embutiéndose una cucharada de tarta en la boca.

–¿Le has dado permiso, Dolly? –preguntó Alma sin aliento.

Dolly frunció el ceño.

–Me temo que incluso le proporcioné la idea.

Emma sonrió.

–Bueno –dijo la niña–. Ahora, me marcho. Sólo quería pasar un momento a saludaros.

–No se te ocurra cabalgar por la carretera, ¿eh? –le advirtió su abuela, enfrascándose de nuevo en el juego–. No sé cómo reaccionaría Mississippi a los automovilistas que pasan lanzados por ahí.

–De acuerdo –contestó la niña–. De todos modos, sólo pensaba dar una vuelta alrededor del estanque del pueblo.

–Toma –Enriqueta cortó un trozo de tarta, lo envolvió en una servilleta y se lo tendió a Dolly–. Sé una buena abuela y dale esto a tu nieta. Seguro que con tus habilidades culinarias la niña estará medio muerta de hambre. Pero aparta a la yegua de mis rosas, ¿quieres?

Emma hizo retroceder a Mississippi.

–Oh, perdona, Enriqueta –se disculpó.

Enriqueta se limitó a reír.

–No tiene importancia. A la yegua de Sotobrante siempre le han chiflado los capullos de rosa. Tanto como le chiflaba mi tarta a su amo.

–Cierto –asintió Dolly–. Oye, ¿qué te parecería cortar un pedazo más y que Emma se lo lleve para celebrar este día?

–¿Cómo dices? –preguntó Emma, perpleja. Mississippi tiraba de las riendas para aproximarse de nuevo a las rosas–. ¿A qué te refieres?

–Bueno, colócaselo encima de la tumba –respondió su abuela– en lugar de flores.

–Exacto –Enriqueta cortó un trozo enorme y lo envolvió–. De todos modos, a Sotobrante jamás le gustaron las flores.

–¡Madre mía! –gimió Alma–. ¡Pero qué ideas se os ocurren!

Dolly se echó a reír y entregó a Emma los dos trozos de tarta por encima de la valla.

–Toma –dijo la mujer. Mississippi giró el cuello y olfateó con interés–. Si cabalgas en dirección contraria, llegarás a la iglesia y al cementerio. La tumba de Sotobrante es la segunda detrás del seto. Encima hay un ángel de escayola horrendo y cursi. Deja que Mississippi mordisquee las rosas que plantó allí la señora Buchete.

–Y de paso dile de quién es la tarta –apuntó Enriqueta.

Emma asintió con una sonrisa.

Alma seguía frunciendo el ceño con desaprobación.

–Ay, Emma –Dolly se apoyó en la valla–. ¿Tú qué crees? ¿Querrán pagarte tus padres un billete de avión a América en las vacaciones de Semana Santa? A mí no me apetece nada ver sola la casa. Enriqueta cree que cualquier avión se estrellará y a Alma le entra el pánico con sólo verlos.

Emma refrenó a Missi y dirigió a su abuela una mirada de incredulidad.

–¿América? –preguntó.

–Bueno, yo desde luego no iría a América ni por todo el oro del mundo –informó Alma–. Con la cantidad de osos que hay allí.

–¡Y los indios! –comentó Enriqueta con tono burlón–. No te olvides de los indios, Alma. Quién sabe lo que harían contigo.

Alma le lanzó una furibunda mirada.

Emma miró a su abuela. Por lo visto, hablaba en serio.

–Creo que el vuelo a América es caro –dijo Emma–. Pero si no me lo pagan, yo reuniré el dinero necesario. De uno u otro modo lo conseguiré.

–Puedes empezar mañana mismo –le aconsejó Enriqueta–. Necesitamos a alguien en la tienda.

–Bueno, bueno, despacito –replicó Dolly regresando a la mesa–. Al fin y al cabo, está de vacaciones. Primero dejad que lleve la tarta a Sotobrante.

Y Emma así lo hizo.

Depositó el trozo justo a los pies del ángel, mientras Mississippi mordisqueaba los capullos de rosa de la señora Buchete.

–Muchas gracias –dijo la niña–. Por todo. Sobre todo por Mississippi. Y lamento de veras que usted nunca fuese a América.

LAS TRES EDADES